ANIMALES TRISTES

Jordi Puntí

ANIMALES TRISTES

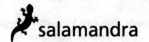

Título original: *Animals tristos*

Traducción: Jordi Puntí

Traducción realizada con la colaboración de

LLLL institut
ramon llull

Ilustración de la cubierta: Eric Zener

Copyright © Jordi Puntí, 2003
Copyright © Ediciones Salamandra, 2004

Publicaciones y Ediciones Salamandra, S.A.
Mallorca, 237 - 08008 Barcelona - Tel. 93 215 11 99

Reservados todos los derechos. Queda rigurosamente prohibida, sin la autorización escrita de los titulares del "Copyright", bajo las sanciones establecidas en las leyes, la reproducción parcial o total de esta obra por cualquier medio o procedimiento, incluidos la reprografía y el tratamiento informático, así como la distribución de ejemplares mediante alquiler o préstamo públicos.

ISBN: 84-7888-854-3
Depósito legal: B-2.538-2004

1ª edición, enero de 2004
Printed in Spain

Impresión: Romanyà-Valls, Pl. Verdaguer, 1
Capellades, Barcelona

a Steffi

«Eu estou vestido com as roupas e as armas de Jorge.»
JORGE BEN, *Jorge de Capadócia*

Bungalow once

Llevaban media hora de trayecto en tren cuando Mirra intentó definir en su interior el recuerdo que estaba persiguiendo. Ese fin de semana de hacía exactamente diez años, que hubiera podido revivir bajo las formas más abstractas y sin embargo fáciles de reconocer —un rastro de humo que surgía de un cigarrillo compartido y se elevaba hacia el techo, o los destellos que salían de un televisor encendido al pie de la cama—, regresó en ese momento, sorprendentemente, con el gusto y el olor de un plátano demasiado maduro. Se trataba de una imagen dulce, lejana y dulce, pero no era menos cierto que con los años esa dulzura se había vuelto cada vez más empalagosa, hacía tiempo que apestaba el ambiente y un día sería ya insoportable. Se asustó de la exactitud con que lo había fijado y lo miró a los ojos, en el asiento de enfrente, como para deshacer la concreción del recuerdo.

En ese instante, Eric había fijado la vista más allá de la ventana del tren. Al fondo, con la continua velocidad, los árboles y los prados se convertían en una mancha verde indivisible que sólo de vez en cuando era punteada por los caseríos aislados o, más cerca, la garita en ruinas de un viejo paso a nivel. Eric se imaginó (porque lo sabía) que tras esa cinta verdosa corría un río caudaloso, y que siguiendo la corriente, en alguna parte río arriba, hallarían el lago que estaba esperándoles, con todos esos bungalows de madera junto al agua. Exactamente diez años atrás, Mirra y Eric habían pasado en una de esas cabañas la primera noche juntos, la primera noche de una larga cadena de noches juntos (pero entonces aún no lo sabían), noches especiales al principio, noches que parecían irrepetibles y luego se volvieron cada vez más iguales, repetidas incluso en su singularidad, en la extrañeza de los hechos, noches que se podían intercambiar con otras noches y no pasaba nada, como esas piezas que encajan en cualquier rompecabezas y que tienen la perfección anodina de un cielo azulísimo de primavera o de una franja de montaña nevada.

A la mañana siguiente, tras esa primera noche juntos, Mirra y Eric pasaron todo el día en el bungalow, narcotizados y desorientados. Jugueteaban un poco entre las sábanas, veían la tele, comían algo o hacían el amor otra vez y luego se duchaban juntos. Después volvían a la cama. Alguien había construido esos bungalows de madera al lado del lago menos de medio año atrás, y eran tan acogedores como solitarios. El matrimonio que los tenía a su cargo irradiaba amabilidad y no hacía preguntas, y como el lugar todavía no se había hecho un nombre, resultaba fácil conseguir un bungalow para un fin de semana. Si uno miraba por la ventana o salía a tomar el fresco bajo el porche —algo que Mirra y Eric no hicieron, atareados como estaban—, el agua quieta del lago brillaba con el fulgor del papel cuché, y de vez en cuando algún pez se removía en la superficie, saltando majestuoso como si estuviera domado y esperase una recompensa por la acción. El embarcadero de madera pulida, a la derecha, se adentraba en el agua con coquetería y amarrados a él había un par de botes, por si algún cliente de los bungalows quería desafiar a los mosquitos y remar un rato. Mirra y Eric no se dieron cuenta de la excesiva belleza del lugar hasta el domingo por la tarde, cuando salían zumbando del bungalow, a punto de perder el último tren. Se habían despertado de repente, los dos al mismo tiempo, se habían vestido y en un instante habían metido todas las cosas dentro de las mochilas. Después habían devuelto las llaves a la recepción y, mientras corrían hacia el tren, por el rabillo del ojo se habían fijado en el paisaje de postal que dejaban atrás —un correlato magnífico (y relamido) del fin de semana que acababan de vivir—. Ya en el tren, entre risas de pánico y excitados por el aire de aventura que había tomado todo, se habían sentado y entonces algún resorte interior les había dicho que un día tendrían que volver allí.

De hecho, el resorte se activó más que nada en la cabeza de Mirra, que retrospectivamente pensó que tanto sexo estaba bien, sí, pero que le habría gustado completarlo con un paseo en barca por el lago, o tirando piedras al agua cuando oscureciera, desde la orilla, o simplemente haciéndose confesiones a la luz de la luna, quién sabe. Por eso, cuando salían de la estación, miró a través de la ventanilla, observando la reverberación de lo que dejaban atrás, y dijo:

—Qué pasada, ¿no?

—Sí, ha sido increíble —respondió Eric como si hubiera estado esperando el comentario, y la cogió de la mano—. Nunca había vivido con nadie dos días tan especiales. Eres..., eres increíble.

—No, idiota, me refiero al lugar. ¿No te has fijado, cuando nos íbamos corriendo, en que este lugar es precioso? Es una pena que no hayamos visto nada, quizá deberíamos volver otro fin de semana.

—Ah, sí, eso también —dijo Eric, sorprendido en fuera de juego—. Si quieres podemos volver la semana que viene. Les digo a mis padres que tengo más exámenes en la facultad y asunto arreglado.

—No, la semana que viene no —le cortó Mirra, y entonces hizo una pausa larga, casi excesiva para Eric, miró

13

hacia un punto indefinido del paisaje y dijo—: Podríamos volver dentro de diez años, eso es, diez años exactos. El mismo día.

No dijeron nada más, y Eric, en un breve ataque de lucidez, pensó que todavía faltaba mucho para todo.

Con el tiempo, a medida que su relación fue madurando, como les gustaba creer y decir a ambos, la fecha de ese fin de semana se convirtió en un referente para la pareja. Escrita detrás del pálido billete de tren, Eric, que era meticuloso, la transfería de una agenda a otra cada mes de enero, y tres años atrás, cuando finalmente se compró esa agenda electrónica digital que tiene todo el mundo en su oficina, y que llega hasta el año 2099, sintió una ilusión infantil (y un mareo inconcreto) a la hora de fijar con tanta exactitud esos dos días en un punto del futuro. Para Mirra, la fecha había pasado a ser uno de esos números que se recuerdan acompañados de la duda y que siempre hay que verificar, como el aniversario de los sobrinos o el teléfono de los suegros —pero para eso servía precisamente la agenda de Eric—, y a veces, cuando quitaba el polvo y volvía a ver el billete viejo y arrugado, clavado con una chincheta en el corcho de su estudio, reprimía el deseo de tirarlo de una vez a la basura. Esos dos días en el bungalow, además, también se habían cargado de un espíritu fundacional que a Mirra no le gustaba. A veces, en alguna cena con amigos (pero quizá más al principio, ahora menos), Eric bebía demasiado y al contar cómo se habían conocido disfrutaba exagerando la gesta de esa primera noche en el bungalow. Frases del tipo «gemíamos tan fuerte, y los muelles del somier se quejaban con tanta intensidad, que los vecinos, al otro lado de la pared, creían que en esas aguas había un nuevo monstruo del lago Ness», a Mirra le daban grima, y a pesar de que sonreía cómplice frente a los otros, por dentro la incomodaban.

Quizá por esa razón, por esa presencia latente y magnifica- da y amenazadora, no habían vuelto al lago de los bunga- lows ninguna otra vez, y al final esos diez años de prórroga le concedieron un aspecto de Shangri-la, de paraíso mítico pero al mismo tiempo envuelto en una vaporosa atmósfera de desenlace.

A lo largo de las últimas tres semanas, a medida que la fecha se acercaba más y más, Mirra y Eric habían pensado en ello a menudo: ¿por qué de repente, ahora que ya estaba tan cerca, habían empezado a sentir cada uno por su lado la necesidad de que todo aquello pasara deprisa deprisa? Po- dríamos pensar que la sensación se estaba incubando des- de hacía meses, quizá años, y que tenía que ver con su par- ticular concepción del amor, o con el hecho de que aún no tuvieran hijos, y seguramente no andaríamos desencami- nados, pero de hecho había existido un detalle concreto, no del todo insignificante, que les había inquietado y de alguna forma había supuesto el inesperado disparo de sa- lida: cuando un domingo por la tarde habían llamado por teléfono a los bungalows, para hacer la reserva, una voz de chica insolente y distraída les había informado de que ya no se hacían reservas, ahora ya no, bastaba con que se pre- sentaran allí y les darían una habitación. «¿Podría ser la número once?», había preguntado Eric, y la chica había contestado sin ganas: «Sí, si quieren la once será la once.» De pronto, era como si alguien quisiera avisarles de que no había que hacerse ilusiones, de que ya nada —nada— sería como diez años atrás, y aunque ellos ya debían de sa- berlo, en el detalle quisieron entrever un punto de fatali- dad.

Con esa molestia instalada en su mente, acomodada por las dos horas de viaje, a mediodía Eric y Mirra llegaron a la estación que llevaba el nombre del lago. Fueron los únicos que bajaron del tren y dudaron si tomar un taxi —el úni- co taxi que estaba esperando— para que les llevara hasta los bungalows, pero era temprano y les parecía recordar que no se encontraban lejos, así que prefirieron ir a pie. Caminaron casi siempre en silencio, deseosos de ser deslumbrados por la visión del lago. Sólo de vez en cuando hacían algún comentario sobre la porquería que veían en la cuneta —latas y papeles pringosos, cadáveres de animales resecos, preservativos con un nudo...: una cenefa hedionda para una carretera llena de baches, asfaltada mucho tiempo atrás—. En un lado de la carretera vieron un cartel que pregonaba los bungalows «*de luxe*», un anuncio descolorido, oxidado y cojo (algún coche debía de haberse incrustado en él una noche demasiado larga), y aquel indicio les permitió dar un paso más hacia la decepción. Sin embargo, cuando al fin se descorrió ante sus ojos el telón de la naturaleza y contemplaron allí abajo el lago moteado de sol, como enjabonado, con el embarcadero y los botes y los bungalows y las otras casas (ahora muchas más casas, todas en formación junto al agua), sintieron los dos un alivio, al unísono, y sí, lo siento pero se dieron la mano.

Con impaciencia deshicieron el camino hasta la recepción de los bungalows, y podríamos decir que en el rastro volátil de sus pasos acompasados, fruto de ese renovado proceder, un calígrafo habría sabido ver los rizos barrocos de una A mayúscula, la A de Amor, por ejemplo, o de Ansiedad.

Once meses después de casarse con Eric, Mirra tuvo una historia con otro hombre, un profesor de matemáticas destinado temporalmente a su mismo instituto. Mirra no lo había llamado una historia porque se esforzaba en minimizar la aventura. Como máximo ella había hablado de un *affaire*, buscando el punto sofisticado de la palabra, o al comentárselo con falsa distracción a su mejor amiga, había dicho «nos enrollamos», y así, enterrado todo bajo capas y más capas de minimización, no había hecho falta contárselo a Eric. En realidad, el encuentro se había consumado en una tarde de viernes y nada más, a toda prisa, pero técnicamente podía hablarse de historia porque había tenido un prólogo larguísimo, lleno de miradas y sobreentendidos en la sala de profesores, y un epílogo con anticlímax: cuando por fin se habían asomado peligrosamente al precipicio, los dos habían comprendido al instante que el paisaje no valía la pena. Sin saber de donde procedía, Eric había notado los efectos de esa onda expansiva en forma de una restaurada calidez íntima por parte de Mirra, pero la vida cotidiana no tardó en absorberla de nuevo. En cuanto a Mirra, el tiempo borró las notas a pie de página de ese episodio, pero había algunos aspectos que no había podido olvidar porque para ella seguían teniendo un aire de transgresión (y, por lo tanto, de culpa): no había olvidado, por ejemplo, el ímpetu animal con que ambos se habían quitado la ropa, tropezando con los muebles y arañándose, como en las películas; ni la creciente satisfacción del rostro del matemático cuando ella, fuera de sí, en pleno galope, le rogaba que la llamara puta, llámame puta, venga, ahora, fóllame y llámame puta. Tampoco olvidaría nunca la visión desde la cama de su piso minúsculo cuando hubieron terminado, una imagen desoladora del desorden, con una mesa y una silla de oficina llenas de polvo y papeles y vasos sucios, con las estanterías sobrecargadas de libros a punto de caer y objetos inútiles en equilibrio forzado y, al fondo, un espejo lleno de manchas y huellas que parecía reflejar con igual desgana la bombilla desnuda y mortecina del techo y el aire caliente y viciado posterior al sexo: un escenario repulsivo y al mismo tiempo fascinante que Mirra revivió con toda la exactitud y todo el dolor cuando ella y Eric cruzaron de nuevo el umbral de la recepción de los bungalows.

• • •

La sala era larga y estrecha como un vagón de tranvía. Al cabo de unos segundos de permanecer allí dentro, la atmósfera se volvía densa y el hedor de tabaco agrio se mezclaba con el del ambientador barato. A la izquierda había un mostrador de formica que el tiempo había abotargado y encima una caja llena de llaves y llaveros, un bote para las propinas, vacío, una cafetera automática que supuraba y toda una gama de chicles de menta y paquetes de kleenex a la venta. A la derecha, a lo largo de la pared, una gran fotografía enmarcada del lago en otoño, como si ya no hiciera falta salir afuera para contemplarlo. En un rincón, dos butacas de mimbre y una mesita, cubierta de revistas caducadas, y una máquina de preservativos al lado de una puerta cerrada. A pesar de que en algún momento se habían prometido no pasarse el día recordando cómo era todo aquello diez años atrás, Eric se quedó tan petrificado que no pudo evitar un comentario sobre cómo había cambiado todo. Mirra le observó con complicidad, y como detrás del mostrador no había nadie, tocó una campanilla ridícula que colgaba de un clavo. Tras la puerta se escuchó un perro que olisqueaba el resquicio y ladraba. Una voz de mujer le pidió que se callara, dos veces, con parsimonia, y después esa misma mujer abrió la puerta. Grotescamente, desde el umbral para no dejar salir al perro, les preguntó qué querían.

—Una habitación..., un bungalow —dijo Eric—, el número once si es posible.

—Hace años que los bungalows no tienen número —respondió ella—. Tomad unas llaves del bote y escoged el que más os guste. Están todos vacíos, sois los primeros en llegar.

Hizo una pausa y les miró de arriba abajo, después les dijo el precio del bungalow, les informó de que todas las habitaciones tenían sábanas y toallas limpias, como si fuera algo extraordinario, y les pidió que pagaran por adelanta-

18

do. Con los billetes en la mano, agarrados con desdén, volvió a cerrar la puerta. El perro ladró una vez más.

Salieron al exterior con una de las llaves e intentaron abrir la primera puerta: funcionaba; la misma llave también abrió la segunda puerta y todas las que probaron. Vistas desde un extremo, todas las puertas de los bungalows eran iguales, y durante un momento pensaron que la única forma de ir a parar al número once sería contando las puertas, pero entonces se fijaron en que alguien había arrancado los números de la madera, probablemente oxidados, y que en todas las puertas había quedado impreso el negativo, el contorno difuminado y polvoriento, y enseguida los dos unos del once les dieron la bienvenida.

Entraron en el bungalow en silencio, con la solemnidad de quien visita la casa de un escritor célebre, o la reconstrucción de una estancia real en un palacio, y observaron atentamente cada detalle: les pareció que todo —todo— estaba igual que diez años atrás. En realidad no habrían sido capaces de asegurarlo, porque de ese fin de semana su memoria sólo había conservado fragmentos inconexos, retazos que más adelante ellos dos habían cosido de la misma forma que se reconstruye un sueño a la mañana siguiente, para darle un sentido, pero había una idea infantil que les daba vueltas y les tranquilizaba: la sensación de que desde ese día lejano nadie más había puesto los pies en esa habitación, y que, como ellos mismos, las paredes y los muebles conservaban el recuerdo intacto de sus risas y sus gemidos.

Pasó más de medio minuto de contemplación hasta que empezaron a moverse por el bungalow. Mirra intentó subir la persiana de guillotina, pero se atascó a medio camino y no quiso forzarla (las cortinas, además, estaban sucias de polvo y no entraría mucha luz). Eric, que estaba como ausente, dejó la bolsa que llevaban encima de una butaca y abrió la cremallera, pero no sacó nada. Entonces, cuando

Mirra se metió en el cuarto de baño para dejar el neceser, él sacó del interior de la bolsa un paquete envuelto en papel de regalo, no muy grande, y buscó un sitio para esconderlo. Abrió la pequeña nevera y vio que a pesar de estar vacía funcionaba perfectamente (durante un momento esperó encontrar allí dentro una botella de champán y dos copas heladas, como en esa primera noche), pero le pareció que no era el lugar más adecuado para esconder un regalo. Desde el cuarto de baño le llegó la voz de ella, con un eco apagado, que le contaba que las toallas parecían limpias de verdad, pero que el váter goteaba. Él le respondió que ajá, y poco a poco, moviéndose como un ladrón para que Mirra no lo oyera, abrió un armario empotrado y miró dentro. Había dos almohadas sin funda, de un color enfermo, y un par de mantas dobladas; retiró una de las mantas para guardar detrás el regalo.

Eric había comprado para Mirra un conjunto de lencería, un sujetador y unas braguitas mínimas a juego, de color burdeos, tan exclusivos y refinados (según su gusto) que le habían costado un ojo de la cara, pero la ocasión se lo merecía y había planeado darle el regalo justo antes de meterse en la cama, fingiendo que se había olvidado hasta el último momento. Sí, por supuesto, ya sabía que Mirra tenía más conjuntos de esos, digamos, especiales, y estaba seguro de que esa misma mañana había escogido el que le gustaba más y lo había metido dentro de la bolsa de viaje para ponérselo por la noche (en cambio, no creía que ahora ya lo llevara puesto), pero interiormente pensaba que la ocasión era demasiado especial, y de alguna forma, desde el principio, desde que había tomado la decisión de comprarlo, veía en ese conjunto tan erótico un aliado, un complemento precioso para el fin de semana en el bungalow, una rara esperanza.

Cerró la puerta del armario y echó un nuevo vistazo a la habitación. Se fijó en el televisor apagado, al pie de la cama, y en la gran fotografía enmarcada del lago que colgaba de la pared, idéntica a la que habían visto en recepción pero menos descolorida; después se tumbó en la cama, en el mismo lado en que dormía habitualmente. Bajo su peso, el viejo somier crujió y le hizo sonreír un instante, pero entonces del cuarto de baño —la puerta sólo estaba entornada— le llegó el murmullo de Mirra, que estaba meando, y ese chorrito agudo y entrecortado, tan cotidiano y familiar, trasladado al bungalow le causó una aflicción inmediata, un temor indescriptible que sólo había sentido con esa misma intensidad otra vez en su vida, menos de un año atrás y en otra cama que tampoco era la suya. Al cabo de unos segundos Mirra salió del cuarto de baño y él intentó disimular. Ella se quitó las zapatillas deportivas, se masajeó un momento los pies y se acostó a su lado sin decir nada, y entonces, cuando ambos estaban tumbados en la cama, mirando el techo bajo, con ese ventilador de color marfil manchado por el humo, fueron súbitamente conscientes, juntos y a la vez, de que todo aquello era una estupidez sin sentido, una chiquillada, y se les humedecieron los ojos. Sí, ya lo sé, no puedo ocultar que volvieron a darse la mano, instintivamente, que Eric se incorporó y le dio un beso a Mirra, y que por esa razón a ella le corrió una lágrima por la mejilla, una lágrima densa como una gota de mercurio.

Una noche, diez meses antes, Eric se había enrollado —él sí— con una amiga de su mujer. Mirra se había ido una semana a Italia, de viaje de fin de curso con los alumnos del instituto; era un viaje que hacía todos los años (excepto dos cursos atrás, cuando no había podido ir porque se estaba recuperando de un aborto involuntario) y para ambos se había convertido en una especie de tregua en la vida en común. No era una obsesión para Eric, pero todos los años, cuando ella le confirmaba las fechas exactas en que estaría fuera de casa, él las consignaba con afán en su agenda electrónica (escribiendo «¡Mirra en Italia!», con signos de exclamación) como si fueran las vacaciones de verano o un puente de fin de semana. El día en que ella se marchaba, Eric la acompañaba al instituto y a continuación se iba al trabajo, donde, con la misma ilusión furtiva de un adolescente, se pasaba la mañana haciendo planes para esos siete días de independencia. A la hora de la verdad, sin embargo, el adolescente se asustaba y retrocedía en el tiempo: el niño acababa comiendo en casa de sus padres a diario y los únicos proyectos urdidos en su despacho que conseguían cristalizar eran tan triviales e inofensivos como alquilar una película de vídeo que nunca iría a ver junto a Mirra (pero ya en el videoclub le daba como vergüenza adentrarse solo en la sección de porno y acababa por coger alguna de terror, o de bombas), salir a tomar una copa con sus compañeros de trabajo para ver quién se inventaba más proezas sexuales (pero eso ya lo hacían otros días, también cuando Mirra estaba en casa), o, simplemente, tomar la determinación de cenar solo en el bar de la esquina, un pincho de tortilla y un bikini, mientras hojeaba un periódico deportivo marchito (pero, como no estaba acostumbrado, la operación le entristecía mucho y enseguida lo engullía todo, se tomaba un café descafeinado, se quemaba la lengua, volvía a casa y corría a poner la televisión para oír alguna voz).

Sin demasiados esfuerzos, la amiga de Mirra consiguió infiltrarse en los pliegos de ese simulacro de libertad el sábado por la mañana. Telefoneó preguntando por Mirra y Eric le recordó que estaba de viaje con sus alumnos. La amiga de Mirra se había separado de su marido cinco meses atrás, alrededor de Navidad, y desde entonces iba por la vida despistada, como si saliera permanentemente de una anestesia. No, ella no se acordaba de que Mirra estuviera de viaje, y puede que se lo hubiera comentado, pero no pasaba nada, en realidad sólo llamaba por si quería jugar al tenis esa tarde; aunque, pensándolo bien, quizá le gustaría a él, a Eric, jugar al tenis esa tarde...

Jugaron a tenis, sí, y después fueron a cenar a un restaurante sencillo del barrio de ella, que les quedaba más cerca. Sentados a la mesa, un gusano inoportuno se abrió paso, tímidamente, en el cerebro de Eric. Le dio por pensar que lo de la cena ya no podría contárselo a Mirra, el tenis sí pero la cena no, y esa sensación de estar haciendo algo malo le despertó al mismo tiempo la culpa inocente de siempre y unas ganas inesperadas de traspasar la línea. Cuando salieron del restaurante y ya estaban a punto de despedirse, la culpa se impuso y Eric le pidió a la amiga de su mujer que por favor no le contara lo de la cena, pero esa muestra de debilidad fue descodificada rápidamente por la mujer separada, que sin pronunciar palabra se lanzó al cuello de Eric y le dio un beso con lengua, allí mismo, que convirtió la línea ultrapasada en un hilo delgadísimo en el horizonte, lejano y anecdótico. No transcurrieron ni diez minutos y ya estaban en el apartamento de ella y follaban exaltadamente, con un punto de desesperación exagerada; cuando terminaron —tengo que consignarlo— se durmieron abrazados, con ternura y sin quebraderos de cabeza, como dos amantes perfectos.

A la mañana siguiente, Eric se levantó temprano, se vistió y quiso despedirse de la amiga con un beso estudiado, del tipo ha-estado-muy-bien-pero-aquí-se-acaba-todo-¿verdad?, pero entonces ella, que apenas se despertaba entre las sábanas, se dio la vuelta para decirle hasta luego y él le vio la espalda desnuda, los cabellos largos enredados, el rostro de piel fina surcado por las cicatrices efímeras del sueño, y esos signos tan familiares, que tantas veces había recorrido en la piel de Mirra, en ese momento le parecieron abyectos y traidores, como una invasión de la intimidad que le hizo sentir, por primera vez en su vida digamos adulta, que le dominaba el desconsuelo —y la turbación creciente era tan grande que supo al instante que no sería capaz de contarle nada a Mirra.

Ese domingo por la mañana llovió, lógicamente, y si alguien se hubiera encontrado con Eric por las calles desiertas, habría visto cómo en su cara se dibujaba un gesto que se avenía profundamente con su aspecto desamparado, desenfocado, caminando maquinalmente con la bolsa de deportes y la raqueta de tenis en una mano. Al cabo de cinco días, cuando Mirra volvió de Italia, ese aire abatido y la mirada de oveja degollada no habían desaparecido del todo, y ella, que le conocía bien, intuyó en sus facciones el rastro delator de una historia, pero no comentó nada ni le azuzó para ver si se arrepentía y confesaba, porque ella misma, durante el viaje, una noche se había besuqueado con un alumno guapísimo pero torpe (nada, cuatro morreos y él que le había tocado un rato los pechos). «Empatados», había pensado Mirra con optimismo mientras recordaba, los ojos soñadores, cómo los dedos de ese adolescente le buscaban los pezones bajo la blusa.

En el bungalow once Mirra y Eric estuvieron un rato tumbados en la cama, en medio de un silencio húmedo (las lágrimas) y dándose la mano. En un momento habían asistido, juntos y a la vez, al proceso picante de ver cómo el mundo se les deformaba, y cómo se medio fundía ante sus ojos una de las pocas certezas que habían sabido alimentar entre ambos. Pero no hay nada más pueril y destructor que la verdad, y ciertas personas (las personas que son como Mirra y Eric) parecen haber nacido para la ingenuidad, o acaso saben encontrar su confort en ella y la habitan naturalmente, como si de un vestido a medida se tratara; por esa razón, a pesar de todo, ella movió los labios resecos y habló.

—Hace frío. Se me han enfriado los pies. ¿Salimos a pasear un rato?

24

Un paseo sencillo y convencional, de un par de kilómetros, anillaba el perímetro del lago. Hacía años que las autoridades no se gastaban dinero en él, pero las bicicletas mantenían un espacio reservado, una especie de circuito, y marcando los cuatro puntos cardinales una breve lengua de tierra se adentraba en el agua y ofrecía un par de bancos de madera cara a cara. Desde cada uno de esos belvederes de bolsillo, que en el fondo incitaban más a la comicidad que al galanteo de los novios, se suponía que las parejas podían obtener uno de esos momentos extáticos y de comunión con la naturaleza que diez años atrás habían hecho famoso al lago, hasta el punto de salir en un par de suplementos dominicales. Cuando la tarde declinaba, el sol caía sesgado y el cielo magenta del atardecer, tal como lo describía la prosa recargada de esos artículos, poco a poco se reflejaba impúdicamente en las aguas serenas del lago, y precisamente gracias a esa poética del ocio, a ese ensalzamiento pomposo y artificial de la belleza programada, Mirra y Eric decidieron que darían la vuelta entera al lago, y que a medio camino, si ya se había hecho tarde, cenarían en uno de los restaurantes que se veían desde los bungalows.

Cuando salieron les pareció que respiraban mejor, que abandonaban el aire enrarecido de una campana de vidrio y se sentían momentáneamente reanimados. Caminaron bajo el porche que cubría la galería de bungalows, fijándose alternativamente en las puertas cerradas y en las ventanas cegadas por las cortinas polvorientas (no les pareció que hubiera ninguna otra habitación ocupada), dejaron atrás el aparcamiento vacío y bajaron la escalinata de madera, pintada de blanco para aparentar nobleza. Llegaron al paseo. Hacia esa parte donde se encontraban, todavía cerca de los bungalows, no se veía a nadie más; de vez en cuando, un deportista sudado y fibroso se les acercaba (en bicicleta o a pie) y les adelantaba saludándoles con altivez, orgulloso de gastar sus días calculando el perímetro monótono de esas aguas.

Hasta ese momento, cuando se disponían a recorrer los alrededores del lago, no recordó Mirra esa tarde de domingo de diez años atrás, al fin y al cabo el motivo de todo, y haciendo trampa, con la confianza retrospectiva que dan los años vividos, se imaginó que ella y Eric eran una década más jóvenes y descubrían a tiempo, sin urgencias sexuales ni trenes que perder, el encanto de ese paraje. Se lo contó inmediatamente a Eric, que con un minúsculo deje de escepticismo (¿o era simple inocencia?) se prestó al juego, y los dos, demostrando una acusada sensibilidad (que yo seré incapaz de censurar y desterrar, aviso), se aplicaron al delicado esfuerzo de inventarse el pasado y esperar que les resultara verosímil.

La soledad silenciosa del paseo fue para ellos un elemento más de la pantomima, un líquido amniótico ideal donde nadaban sus primeros meses juntos, y cogiéndose de la mano empezaron a caminar, absurdamente concentrados, místicos, pero entonces, como habían encastillado con una sólida muralla la memoria de ese tiempo (la necesidad de dar consistencia temporal, como fuese, a una relación todavía blanda), cuando quisieron trasladarse al fin de semana de hacía una década, no fueron capaces de convocar ninguna otra imagen que la de dos adolescentes candorosos, mofletudos y tan tímidos que se daban miedo el uno al otro. Hay que decir que Eric y Mirra no sintieron ningún tipo de repugnancia ante ese recuerdo virginal y vivísimo. Al contrario: los dos —los cuatro— pisaron, juntos y a la vez, los arabescos modernísimos y al mismo tiempo anticuados que trazaban las baldosas de ese paseo, y sus conversaciones y actos mientras caminaban, en lugar de mezclarse en un barullo ininteligible, confluían en la más absoluta armonía. La imagen reconstruida de Mirra corría unos pasos, se daba la vuelta de repente, saltando como en el juego del calderón, y preguntaba con una voz que no había abandonado del todo el timbre de la infancia: «¿En qué estás pensando?», y los dos Erics respondían al unísono con las palabras sencillas y tiernas de los enamorados, como si lo hubieran ensayado previamente.

Al cabo de un rato de pasear, la Mirra mayor se acercó a un árbol que sombreaba el camino y observó atentamente la corteza maltratada por el tiempo. Buscaba en ella un corazón traspasado por una flecha y dos letras incisas, la M y la E, y cuando en su cara se perfilaban ya las líneas de la decepción, el Eric más joven se le acercó por detrás, sacó una navaja del bolsillo y allí mismo, con unas manos increíblemente expertas (pero ella lo deseaba de todo corazón, y con eso bastaba) hizo nacer en la corteza el dibujo exacto que ella esperaba encontrar, hasta el punto de que también se podían recorrer en él las impurezas de diez años de inclemencias y accidentes. Ese episodio les animó peligrosamente y, ya encauzados, los cuatro se entregaron a un carrusel frenético de recuerdos creados de la nada, inventados por pura gula. Filmados a cámara lenta, los primeros planos de sus rostros (envueltos en un *flou* almibarado) hubieran podido aparecer en el videoclip del último éxito romántico de un galán latinoamericano. Con esa música imaginaria de fondo, tan pronto perseguían una mariposa caprichosa como se frenaban de golpe para acariciar un perro que tiraba de la correa de su amo; se tumbaban en los bancos de uno de los miradores y escrutaban el cielo a ver quién descubría la primera nube de formas divertidas, y entonces, cuando la encontraban, se reían hasta que ya no podían más y resollaban y se daban un beso breve. Fue en uno de esos miradores sobre el lago donde toda esa fantasía se desmoronó enfrente de ellos, con un aire tragicómico que no supieron comprender. Los dos Erics y las dos Mirras habían hecho una pausa en sus delirios y habían ido hasta una de las glorietas, frente al agua. Era la primera vez que se acercaban con cierta reverencia, para admirar la belleza del lugar, y el Eric mayor dijo con gran solemnidad:

27

—Escuchad: qué silencio. No se oye nada. Esto sí es paz.

Los cuatro callaron para captar el silencio y el paisaje con más pureza, para traspasarlo con su mirada. La frente se les perlaba de sudor aromático de Nenuco y el corazón les batía con un ritmo triunfal. En medio de ese silencio impuesto, dos cuervos pasaron volando sobre sus cabezas, graznando, y sus chillidos resonaron en el cielo con la misma fuerza de una carcajada sarcástica y burlona, celestial —la carcajada sin piedad de alguien que finalmente les quitaba la venda de los ojos y les avergonzaba—. Solos y abandonados, Mirra y Eric pasearon la mirada por las aguas quietas y silenciosas del lago, por su azul verdoso teñido de fango silencioso, y en silencio lo odiaron.

La naturaleza tiene esas cosas: puede ser obscenamente injusta y cruel con las personas que la aman. Pero si lo pensamos fríamente, ¿no hay en todo ello un punto de justicia poética? Como si de pronto los elementos se hubieran sublevado porque se sentían utilizados. Ya he dicho antes que yo no me veo capaz de reprimir la narración de los accesos líricos en que se complacían Eric y Mirra, el plasma que alimentaba su existencia común. Sólo puedo seguir contando lo que sucedió a continuación, y lo que sucedió fue que los dos experimentaron una inefable sensación de ser boicoteados, como si alguien les estuviera vedando la felicidad. Sin embargo, entrenados como estaban para proyectar hacia fuera esa ansiedad que compartían, enseguida se dieron cuenta de algo que hasta entonces les había pasado desapercibido: la porquería. Nadie barría el paseo desde hacía semanas y el viento había arremolinado en los rincones montones de desperdicios, hojas secas, insectos muertos, kleenex usados y otros residuos difíciles de describir. Los bancos de los belvederes, por ejemplo, se hallaban cubiertos de grafitis groseros; había corazones atravesados por flechas —ahora sí—, pero los protagonistas tenían sobrenombres ordinarios y a menudo habían sido tachados por manos enemigas. También se encontraban restos de comida seca, colillas apagadas en la madera con rabia. ¡Y pensar que ellos dos en algún momento se habían tumbado en esos bancos para contemplar el cielo y admirar su inmensidad!

Se sintieron miserables, e intentando no pisar los excrementos de perro (que les indicaban el camino hacia la civilización como migas de pan en un cuento infantil), avivaron el paso. Un restaurante, por favor, enseguida un restaurante.

Cuando se acercaron a la zona comercial, se encontraron con las primeras casas del lago. Se reproducían en una larga hilera, todas iguales. La mayoría debían de recibir a los habitantes sólo en verano, con esa alegre fidelidad de los perros, y ahora mostraban un aspecto herido e indigente. Antes, cuando las había visto a lo lejos, desde los bungalows, Mirra había pensado que debía ser bello vivir en una de esas casitas, pero ahora le daban lástima. Pasaron por delante de una casa donde se veía gente trajinando tras la ventana: miraron disimuladamente, con cara de pena, y vieron a dos mujeres de media edad que cantaban al tiempo que doblaban unas sábanas blancas. A pesar de que no lo era (puedo asegurarlo), a Mirra y Eric les pareció una melodía triste, llena de nostalgia, y aceleraron el paso para alejarse.

Más allá había cuatro restaurantes separados por pocos metros, uno al lado del otro, pero a pesar de que era sábado había dos que estaban cerrados. Del primero sólo quedaba el testimonio de un letrero apedreado e ilegible. Se acercaron al segundo restaurante cerrado (en este caso el letrero era lo primero que había desaparecido) y espiaron su interior a través de los ventanales: empezaba a oscurecer, y tras las sombras les pareció distinguir la escenografía intacta, como de cómic, de un restaurante chino. Por razones sentimentales, les apenó encontrarlo cerrado: al principio de todo, cuando todavía eran estudiantes y no tenían dinero, los restaurantes chinos de la ciudad, tan increíblemente baratos, con esa atmósfera exótica y esos camareros serviciales y tan bien maltratados por su jefe, les habían solucionado más de una cena íntima.

Los dos restaurantes que seguían abiertos reflejaban el esplendor y la miseria que había vivido el lago durante los últimos años. Hoy en día, sin embargo, resultaba difícil precisar cuál de ellos presentaba un ambiente más desangelado. El Ciao! quería ser un restaurante italiano moderno, a medio camino de la pizzería tradicional y la sofisticación de plástico de colores llamativos, y su gran apuesta eran las pizzas con nombres divertidos; el Gran Imperial perdía toda la fuerza por el nombre y se encomendaba a la supuesta gloria de los tiempos pasados: era como si lo hubieran estrenado viejo y daban fe de ello las lámparas de araña del techo, el terciopelo carmesí de las sillas y la moqueta roída por donde tropezaban los camareros caducados. Mirra y Eric dudaron unos segundos y entraron en el Gran Imperial, simplemente porque se veía gente cenando y más movimiento de camareros (el Ciao! se encontraba vacío y Eric estuvo a punto de hacer un chiste con su nombre). Un *maître* envejecido, con cara de pájaro disecado, les abrió la puerta y les indicó con una reverencia una mesa con vistas al paseo; a continuación, siempre con movimientos hieráticos, encendió una vela que había en el centro de la mesa y les tendió una carta abierta a cada uno. Antes de escoger lo que comerían, Mirra y Eric echaron una ojeada al local. Las lámparas de araña ofrecían una luz raquítica y las sombras daban a la sala un aire lúgubre. Los tres camareros que iban de aquí para allá parecían espectros, y en algunas zonas su uniforme blanco adquiría un tono atigrado. Había otras cuatro mesas ocupadas, todas por parejas.

Eric se fijó en la que les quedaba más cerca: la mujer, que le daba la espalda, fumaba mientras comía y se pasaba la mano por el pelo rubio cardado sin parar. El hombre que tenía enfrente parecía mayor que ella, no para ser su padre, pero casi; llevaba un traje pasado de moda, hablaba en voz baja y de vez en cuando sus palabras estallaban en una gran carcajada grosera, como si se hiciera gracia a sí mismo. Mirra, que se hallaba de cara a la puerta, vio cómo llegaban dos parejas más. Iban los cuatro juntos y le pareció que reconocía a las dos mujeres; le pidió a Eric que las mirara: ¿verdad que eran esas dos que doblaban sábanas en la casa frente al lago, un poco antes? Sí, él también lo creía, y esa presencia les provocó a los dos un incómodo efecto de desplazamiento, como si el restaurante, a pesar de todo, no fuera con esas mujeres. Intrigados, vieron cómo el *maître* acompañaba a las dos parejas hacia un reservado del fondo del comedor.

Entre tanto, un camarero —una variedad aparentemente más simpática de pájaro disecado— se les acercó arrastrando los pies y les preguntó si ya habían escogido. Una vez apuntado lo que querían, levantó la vista de la libreta y con un deje estudiado, risible, les preguntó:

—¿Ustedes..., ustedes son nuevos, verdad? —Mirra y Eric no esperaban esa pregunta—. No les habíamos visto nunca por aquí. Ni a uno, ni a otro.

—Sí, es la primera vez que venimos al restaurante, si a eso se refiere —respondió Mirra. Le miró a los ojos y se dio cuenta de que los tenía manchados, como si un poso de café brillara en el fondo de la pupila, y ese detalle le otorgaba un aire malicioso.

—Ya —dijo el hombre con seguridad—. Y seguro que se alojan en los bungalows, ¿me equivoco?

A Eric no le gustó la suficiencia guasona con que remataba todas las preguntas; quería ser amistoso y agradable, pero esa entonación final le hacía intensamente repulsivo. Le respondió con un «sí» seco y contundente y luego se dio la vuelta hacia Mirra, como para indicar al camarero que sobraba. Antes de marcharse, no obstante, el hombre todavía dedicó unos segundos a observarles atentamente, uno por uno, ensanchar los labios delgados dibujando una sonrisa mordaz, bajar la cabeza para ensayar una reverencia y marcharse dando golpes con la libretita contra la palma de su mano izquierda, rítmicamente. Entonces vieron que se acercaba a la barra, donde estaban los otros dos camareros, les decía alguna cosa y los tres sofocaban una risotada.

Mirra y Eric se quedaron boquiabiertos, no tanto por la conducta ajada de ese individuo como por la insolencia con que les había tratado: era como si en el fondo les reprochara algo. Les había dado rabia, por ejemplo, la forma de pronunciar *bungalofs*, como si esa efe falsa remachara el desprecio subterráneo que, intuían, les profesaba desde el momento en que habían cruzado la puerta. Observaron a las otras parejas, en busca de solidaridad, pero no pudieron ver a ninguna claramente: fuera ya oscurecía, las luces del paseo todavía no estaban encendidas y todo el restaurante se sumergía en un resplandor subacuático. Otro camarero, bajito y culo gordo como un pato, afectado como el de antes, surgió de las tinieblas para llevarles el primer plato.

La conversación que Mirra y Eric mantuvieron a lo largo de la cena fue perfectamente superficial y calculada por la costumbre. De los comentarios sobre el episodio con el camarero malicioso saltaron al estado decrépito del restaurante, a la ridiculez de un nombre como Gran Imperial. Se burlaron sonoramente, rompiendo a reír con un resquicio de venganza y con la secreta necesidad de hacer notar a los camareros que se estaban divirtiendo mucho, pero que mucho, y que nada podría distraerles ni desviarles de la felicidad buscada. Del Gran Imperial volaron a un hotelucho piojoso de Marrakech que se lo recordaba vagamente, donde el verano pasado habían dormido una sola noche (del asco, a Mirra le habían salido dos pupas en el labio superior). Entre plato y plato, Eric fue al servicio, y cuando se estaba lavando las manos entró el hombre que estaba sentado en la mesa de enfrente: se saludaron a través del espejo y ese rostro de prejubilado le guiñó el ojo mientras le dedicaba una sonrisa demasiado familiar, como si se conocieran de toda la vida (una de sus muelas era de oro). Cuando Eric volvió a la mesa, el hecho fue motivo de charla durante cinco minutos, hasta que el hombre pasó a su lado y volvió a sentarse. Oh, sí, también convocaron las efusiones románticas de las cenas íntimas, sería injusto si en este preciso instante las olvidara o suprimiera. A la hora de los postres pidieron una botella de champán (que el pato abrió con ceremonia, evitando que el corcho se escapara por los aires pero vertiendo unas gotitas sobre el mantel) y finalmente brindaron por los diez años que habían pasado juntos desde esa primera noche en el bungalow. «Por nosotros», remarcó Eric, y después de beber un sorbo de champán se dieron un beso.

A lo largo de la última década, esos protocolos del amor entre Mirra y Eric habían sido reproducidos con escasas variaciones. Podía cambiar el escenario —desde esos comedores chinos donde jugaban a ser adultos hasta la sobriedad de los restaurantes japoneses de diseño, toda una gama—, pero en todas partes las palabras resonaban con el vacío acostumbrado (con la banalidad acostumbrada). La cena en el Gran Imperial no hubiera tenido ninguna significación, pues, de no ser porque por primera vez desde que se conocían fueron capaces de mantener una conversación animada y al mismo tiempo, cada uno por su lado, desovillar un hilo de pensamientos que no tenían nada que ver con lo que hablaban. Por separado y a la vez, mientras comían, las decepciones de las horas previas germinaron una tras otra y los dos tuvieron que hacer un esfuerzo para contenerlas. Eric veía esa tarde como una frustración, como si se hubiera metido en un póster famoso, uno de esos paisajes provenzales de Cézanne o de Van Gogh que casan tan bien con los muebles de Ikea, y hubiera descubierto que justo detrás de esos campos de trigo dorado se alzaba la vida infame de un estercolero. Puede que Mirra fuera menos clara, menos explícita: había empezado a cuestionarse en silencio la seguridad granítica con que protegía su vida y la de Eric, pero entonces el olor de un plátano flambeado al Grand Marnier, que el camarero con cara de urraca servía en otra mesa, al pasar al lado le hizo revivir su viaje en tren de esa mañana, hacía tan sólo unas horas, y esa dulzura empalagosa que había intuido allí sentada (huyendo hacia el pasado) volvió como una bocanada de bilis, agria y fermentada, y tuvo la impresión de que ella y Eric habían llegado en ese tren hacía una eternidad, y que desde entonces habían vivido siempre en el bungalow número once.

Esa actividad retorcida de puertas adentro tuvo que convivir con la placidez de puertas afuera —nada tan exacto como la conocida imagen del río de aguas turbulentas que pasa bajo un puente inmovilísimo— y, como no estaban entrenados para ello, les ensimismó y les distrajo de todo lo que sucedía a su alrededor. Por esa razón, cuando ya estaban terminando el segundo plato, en una pausa de la conversación epidérmica (los monólogos que corrían bosque adentro no se interrumpían), Mirra y Eric descubrieron de repente que la luz que les rodeaba había cambiado, se había vuelto menos opaca, y también los camareros habían perdido esa pátina lunar, como si estuviera amaneciendo en el comedor. Por puro instinto miraron hacia el exterior y tras los ventanales descubrieron un espectáculo sorprendente: ante sus ojos, como si surgiera de las sombras y los árboles frondosos, un centelleo fulgurante de luces perfilaba la silueta del lago y se comía la luz de las farolas encendidas. En el cielo las estrellas parecían adormecidas. En la superficie del agua se reflejaban anuncios de neón y bombillas de colores —dominaban el rojo y el verde—, flashes llamativos y letras en movimiento que anunciaban el rutilante negocio del sexo. Todas esas casitas que por la tarde parecían deshabitadas, ahora exhibían el rímel seductor de una luz roja sobre el portal, y al fondo, al otro lado del lago, destacaba la frase vergonzante que ofrecía el alquiler de bungalows por horas.

Mirra y Eric se miraron estupefactos. Lo comprendieron todo en un segundo y se sintieron momentáneamente estafados, pero al mismo tiempo una sensación poderosa les corría por las venas y se imponía: la sensación de que, de alguna forma, ese resplandor era el reflejo transparente y objetivo, tangible, de aquello que cenando se habían atrevido a pensar, cada uno por su cuenta.

Tras salir del restaurante, a medida que se acercaban más y más a los bungalows, comprobaron que el movimiento de gente era constante e infatigable. Coches que llegaban y coches que se iban del aparcamiento envueltos en la polvareda, miradas discretas y miradas que prenderían fuego a un bloque de hielo, hombres inquietos y mujeres asequibles. Tocados por un sentimiento de aventura, que en el fondo les dejaba descolocados, Mirra y Eric se mezclaron con esa gente y se dieron prisa por encontrar el bungalow once. Abrieron la puerta con desconfianza, convencidos de que encontrarían allí a alguien más, pero no, todo estaba tal como ellos lo habían dejado por la tarde. Mirra apretó un interruptor: bajo la luz postiza de una lámpara en forma de girasol, en el techo, les pareció que el bungalow se había encogido. Las paredes tenían un alto friso de madera, que imitaba las cañas de bambú, y en algunos puntos sobresa-

35

lían las manchas de humedad de lluvias falsamente tropicales. El váter seguía goteando y el cubrecama había conservado las arrugas y la forma de sus cuerpos esa tarde. Quietos allí, finalmente, tuvieron que afrontar el dilema que había flotado entre los dos desde que salieron del restaurante. ¿Tenían que seguir al pie de la letra el guión escrito y sellado diez años atrás, con todas las imperfecciones, o era mejor improvisar un final alternativo? Se dieron cuenta entonces de que hacía tiempo que conocían la respuesta, mucho antes incluso de que la pregunta fuese formulada, por eso se miraron y esbozaron una media sonrisa recortada de tristeza. Mirra se quitó el vestido por la cabeza, con un gesto automático, apagó la luz, se metió en la cama. Eric se fijó en que ella ya llevaba puesta su ropa interior preferida y mientras se desnudaba y también se metía en la cama decidió que no hacía falta regalarle la que él le había comprado (a la mañana siguiente, en el tren que les devolvería a la ciudad, él se acordaría del regalo dentro del armario, abandonado bajo las mantas, y sin saber por qué le vendría a la memoria la mirada felina y turbia de una de las prostitutas con quien se habían cruzado en los bungalows).

Sí, sí, hicieron el amor, sí. Al principio les resultó un poco difícil —de pronto los cuerpos tenían ángulos desconocidos, ariscos, y la piel se les tensaba de una forma diferente—, pero al cabo de poco se acostumbraron y encontraron en ello la compensación de la novedad. Hicieron el amor con unas ganas desconocidas, como si fuese la primera vez o como si tuviera que ser la última, y cuando terminaron les invadió una ligereza agradable. Una especie de ritual, se diría, les unía con el bungalow diez, con el bungalow doce. Felices ahora, pero no más juntos que antes, les pareció que ese momento que estaban viviendo dilataba el tiempo, y que alguna cosa amada o soportada lo llenaba de un extremo al otro.

36

Pasaron unos minutos así, sin decir nada, y como hacía tres años que los dos habían dejado de fumar, Eric cogió el mando a distancia y encendió el televisor. Cuando Mirra se durmió, quitó el volumen y durante un rato siguió mirando las imágenes en silencio. Un resplandor lívido se repartía por las paredes sudadas del bungalow.

Unas décimas

1

Hay un hombre que se llama Leif y hace cuatro meses que él y su mujer se separaron. No había hijos, ni animales, y él se quedó con el apartamento de casados ya que técnicamente era ella, Irina, quien se iba. Esos ciento veinte días de vivir a la deriva han bastado para que a su alrededor, en su vida, todo haya adquirido un aspecto más desolado. Él hace ver que no se da cuenta, pero los muebles, tocados por el sol, se desdibujan en el resplandor opaco del polvo, y en la cocina los objetos —el cucharón, el calendario, el minipimer, la nevera— se perfilan con una involuntaria tristeza. No sería nada extraño que esta noche, o mañana por la noche, el fluorescente del techo empezara a titilar. Algunas mañanas, al despertarse, de la cocina le llega el olor de café recién hecho y las tostadas que ella le dejaba a punto antes de irse al trabajo. Desorientado, tarda cerca de un minuto en darse cuenta de que es una pura fantasía matinal, las sobras de un tiempo que se resiste a ser engullido. «Es como si me hubieran cortado la mano izquierda y todavía me la notara —se dice entonces—, es como si el anillo de boda me hiciera cosquillas.» El anillo de boda: no se lo había quitado nunca. Como le sudan las manos, cuando jugaba al tenis a menudo le escocía y, entre punto y punto, se lo tocaba todo el rato, como un tic de tenista profesional. El anillo

39

de casado: se lo quitó a la mañana siguiente de que ella se marchara definitivamente, como un reflejo instintivo, pero lo guardó cerca de sí, en el cajón de la mesilla de noche, envuelto en un pañuelo que tiene bordadas las iniciales de ella, I.B.

Desde el día en que ella cerró por última vez la puerta de su apartamento, llevándose tan sólo una maleta pequeña y una bolsa de viaje ridículamente llenas, y sin mediar palabra, no ha vuelto a verla ni sabe dónde para. Al principio, cuando preguntaba por ella a sus amigos comunes —una escenografía de llamadas a deshora, extraños encuentros nocturnos y lágrimas inconsolables—, tampoco sabían darle una respuesta convincente, pero de refilón notaba que entre ellos siempre había miradas. ¿Eran miradas de compasión o de complicidad? Pensaba en ello más tarde, cuando volvía solo a casa, y descubría la respuesta en los ojos inyectados en sangre de un taxista terriblemente hostil, en el retrovisor, o al caminar por las calles de su barrio mientras masticaba el bastoncillo de un parasol que minutos antes había adornado un daiquiri tan irreal y desabrido como él mismo.

A lo largo de estos cuatro meses ha vivido instalado en una frustración continua, con momentos de crueldad cotidiana (como cuando abre la puerta del apartamento y enseguida se siente empachado por el olor de matrimonio) y momentos anestesiados (esa sensación en la oficina, como si pudiera diluirse en la vorágine de números, operaciones bancarias, llamadas de voces neutras —y ya no fuese él—). En el centro de esta desesperación, avivándola, se halla la extrañeza de los hechos, porque al fin y al cabo fue ella quien le engañó, y no al revés, él tan sólo reaccionó con mal talante. Sí, parecía increíble: la secuencia de los hechos, su puesta en escena y el cálculo de las pasiones no podían ser más novelescos, más dramáticos, como si hubieran sido programados por una mente traviesa y hasta perversa —y, pen-

sándolo bien, algún día el mismo Leif debería contarlo
todo punto por punto, a ver lo que sale.

2

Ha pasado otro mes y hace cinco que Leif vive solo y separado. Entre tanto ha habido una cena de Navidad con la familia sazonada de malentendidos lamentables —resulta
que su ex mujer, en palabras de un primo ganadero, siempre había tenido cara de «gorrina a punto de parir», lo cual
no es cierto— y el Fin de Año más infeliz de su vida: a las
doce se comió las uvas, se atragantó porque no tuvo fuerzas
para desgranarlas y hasta las cinco de la mañana estuvo jugando en el ordenador con un strip póquer que le había
prestado un tipo del trabajo.

Los síntomas, pues, hacían prever un invierno duro, de
días árticos y noches escandinavas. Desde hace una semana, sin embargo, ha dejado de pensar en su ex mujer a cada
momento, y aquello que al principio parecía imposible,
cuando vagaba por su casa como un alma en pena y los fines de semana le sorprendían con aspecto de náufrago mo-
ribundo, empieza a ser una realidad. Su psiquiatra le dice
que ha entrado en un período de confianza y tiene que aprovecharlo. Ahora el robinsón recibe el sábado afeitado y asea-
do, se viste con ropa deportiva, abre las ventanas para que
corra el aire y pone música ambiental: son discos compactos que compraba su ex mujer para la clase de yoga, y al placer de descubrirlos, de descubrir que las ballenas pueden
cantar y el deshielo de la Antártida sigue una melodía, se
añade una especie de venganza privada hacia ella (que no
quiere explorar a fondo para no ser negativo). El psiquiatra, por otra parte, también le ha recomendado que de mo-

mento abra la puerta de servicio de su vida —palabras textuales— y una mujer de la limpieza viene a su casa dos veces por semana.

A pesar de todo, de vez en cuando sigue teniendo momentos bajos, por supuesto. Los domingos por la tarde intenta no escuchar el fútbol por la radio, porque ese mercado de voces que se pisan las unas a las otras, desgañitándose, le deja demasiado melancólico y luego se va a la cama sin cenar. También intenta evitar los sitios que visitaba con su ex, pero el pasado sábado por la tarde se atrevió a ir solo a Ikea porque quería comprar una cortina original para la ducha (la anterior pilló una infección de hongos) y ver los precios de los sofás. Ocurrió algo divertido, que va a contar al psiquiatra con un punto de entusiasmo: él se había sentado en uno de los sofás alineados en exposición, para comprobar si era lo bastante cómodo, y entonces una chica muy atractiva y desinhibida se le acercó, le pasó por delante y le preguntó si le importaba que ella también se sentara en el sofá. «Al contrario, no hay problema —respondió él—, podemos probarlo los dos al mismo tiempo», y enseguida ambos se rieron de la ambigüedad. Al cabo de unos segundos, cuando la chica se levantó y se fue, él consiguió balbucear un «Adiós, gracias» siguiéndola con la mirada. A continuación se dio cuenta de que ella le había llamado de tú y se repantigó en el sofá un par de minutos, complacido, como si ya se encontrara en el salón de su casa. Después lo compró.

Como tiene tan baja la reserva de autoestima —más palabras textuales—, ese tipo de situaciones animan a Leif y las apunta en la agenda electrónica que lleva siempre encima para exhumarlas luego con todo lujo de detalles en la consulta del psiquiatra. El próximo viernes, en su nueva visita, le contará el capítulo de Ikea (recreándose probablemente en la belleza exótica de la chica, en los almohadones de color blanco roto del sofá, y el doctor tomará notas, apresuradamente). También le hablará del breve episodio de ayer domingo por la mañana, porque para él es otra prueba de que cada día que pasa se siente mejor. Ayer domingo: Leif desayunaba y leía el periódico en un bar cercano a su casa. Había terminado de repasar las páginas de deportes y quería echar un vistazo al suplemento dominical. En la portada salía el rostro apergaminado y sonriente de un músico cubano de más de cien años, que guiñaba un ojo a la cámara, y ese detalle ya le animó. Cerró el periódico, arrancó un cuerno de un cruasán increíblemente tierno y, mordiéndolo delicadamente, levantó la vista y miró a la calle. Fuera estaba nublado, lloviznaba, y tras los ventanales del café, como si se tratara de la escena inicial de una película francesa, vio desfilar sincronizados a una mujer envuelta en una gabardina azul marino que paseaba un perro pequinés, un coche rojo que iba en dirección contraria (el conductor parecía adormilado) y a su amigo Eric, que caminaba encogido, con las solapas de la americana beis dramáticamente levantadas y cargado con una bolsa de deportes y una raqueta de tenis que le daban un aire antiguo y estropeado, como de años cincuenta. Lo encontró tan abatido que estuvo a punto de llamarlo, pero al instante reprimió el gesto de dar un golpecito en el cristal y se quedó quieto como una estatua, mirando el asfalto mojado y esperando que la sombra pasara de largo sin darse cuenta. Hacía dos meses que no se veían ni se llamaban. El recuerdo de ese último encuentro ya había empezado a pudrirse y para el nuevo Leif, para el Leif que recién despuntaba, tenía un aire humillante y de vergüenza ajena. La última vez: Eric y su mujer, Mirra, habían escuchado durante cuatro largas horas las razones y los lamentos del Leif de antes, tocado y hundido, y habían intentado consolarle con un repertorio de frases gastadas que parecían citas literales de las peores canciones de desamor. Además, Mirra, que era amiga íntima de su ex, le aseguraba que no sabía nada de ella y

Leif no podía evitar verla todo el rato, tras el cristal empañado de las lágrimas, como una agente doble que ahora le pasaba el dorso de la mano por una mejilla, en un gesto afectuoso, y poco después, cuando él se hubiera ido, en otro escenario más frívolo, utilizaría ese mismo gesto para reírse de él e imitarle con sarcasmo. Para el Leif que disfrutaba comiendo un cruasán ayer domingo por la mañana, pues, llamar a Eric, hacerle tomar un café e intentar restaurar esas facciones deformadas habría sido como querer dar lecciones cuando todavía era un alumno vacilante —y eso, ahora mismo, no le convenía—. Con el rabillo del ojo comprobó que Eric había desaparecido de su campo de visión (fuera de cuadro se escucharon los ladridos roncos e insistentes del pequinés) y respiró aliviado: estaba convencido de que, cuando se lo contara, su psiquiatra le comprendería perfectamente e incluso aplaudiría una decisión en el fondo tan egoísta.

3

Viernes por la tarde y Leif se encuentra en el lavabo de la oficina donde trabaja. Mientras se lava las manos y el olor refrescante del jabón de fresa le llena la nariz, abre bien los ojos (las pupilas se le dilatan) y se observa en el ancho espejo que le refleja: sí, es cierto, ya no tiene cara de estreñido. Esta mañana se lo ha dicho un compañero de trabajo que todos estos meses se ha solidarizado con él porque también está separado. Es cierto que ya no tiene cara de estreñido, que ya no arrastra los pies cuando camina, que ya no piensa en su ex mujer cuando ve la tele por la noche, tumbado en el sofá viejo (los de Ikea todavía no le han entregado el nuevo). La cicatriz se va cerrando, la costra se endurece.

El pasado viernes, durante la visita al psiquiatra, hablaron de esas mejoras. Él no se había dado cuenta, pero resulta que también está cambiando la forma de hablar. Según parece, ahora dice muy a menudo «es decir» entre frase y frase. El psiquiatra opina que es una buena señal porque significa que tiene ganas de explicarse, de comunicarse con los otros. «Los mejores tenistas, es decir, los que más me gustan, son los suecos», pronuncia Leif de cara al espejo. Y parece que también dice muy a menudo «sin duda», otro signo de la seguridad renovada: esas cosas, piensa, son las que debe apuntar el psiquiatra cuando están hablando. «Sin duda, los suecos son los mejores tenistas, sin duda.» Su voz le parece extraña, en el eco del lavabo, porque tiene un matiz de confianza y de serenidad que todavía le resulta difícil de creer. Se enjuaga las manos bajo el chorro tibio, las seca con una toalla de papel y acto seguido, antes de dirigirse de nuevo al cubículo que es su despacho, se mira otra vez en el espejo y se guiña un ojo a sí mismo.

Cuando vuelve a su mesa, tarareando alegremente por los pasillos, se da cuenta de que ya casi es hora de irse. Repasa la agenda y apunta las cuestiones pendientes para mañana. Escribe las palabras con un trazo enérgico, eufórico, y todas las letras le salen mayúsculas (algo que quizá debería saber el psiquiatra). Como hoy tiene partido de squash con su compañero de trabajo separado y volverá tarde a casa, antes de salir llama a su número de teléfono para escuchar si hay algún mensaje en el contestador, y hay dos. Después del mensaje de entrada (que cambió hace un par de semanas, borrando para siempre jamás la melodía divertida de la voz de su ex), teclea el código secreto y se sorprende de escuchar de nuevo su propia voz. Ya lo había olvidado, pero esta mañana se llamó a sí mismo desde el trabajo y se dejó un mensaje. «Leif, acuérdate de que mañana por la mañana tienes que llevar el libro de García Márquez para Lisa.» Lisa es una compañera del trabajo, casada, a la que últimamente ha empezado a mirar con otros ojos. Hoy, mientras desayunaban juntos, él le contaba que había terminado *El amor en los tiempos del cólera*, que le había gustado muchísimo (era el primer libro que terminaba desde que le dejó su mujer), y ella, con un brillo de admiración en los ojos, le preguntó si podía dejárselo. Sonríe y piensa que esta noche debería buscar alguna de esas frases que le puso la carne de gallina y subrayarla para que luego ella la encuentre, inesperadamente, cuando lea el libro.

El segundo mensaje registrado es del videoclub del barrio y le deja un poco desorientado. Una voz de mujer joven y despreocupada (como si comiera una manzana) pronuncia su apellido, le desea buenos días y le recuerda que esta mañana debería haber devuelto la película que alquiló el viernes pasado. Están equivocados, se dice Leif, tiene que haber un error, porque él no alquiló ninguna película el viernes, de hecho lleva meses sin alquilar ninguna película, y a continuación lo repite en voz alta: «Están equivocados, tiene que haber un error.» Como todavía le quedan cinco minutos antes de salir, busca el número del videoclub en su agenda electrónica y llama. La voz que responde también es de mujer, pero no parece la misma del mensaje, ésta tiene una inflexión más seria. Leif empieza a contarle que ha escuchado el mensaje y hay un problema, porque él no alquiló ninguna película, pero la chica le corta y le pide que le dé su apellido. Leif se lo da y oye cómo lo teclea en el ordenador. De fondo, amortiguadas, escucha las voces de una película romántica que tienen puesta en los televisores de la tienda. Puede oír el roce de dos cuerpos deslizándose bajo unas sábanas de seda, el jadeo fingido del sexo en Hollywood; se escucha una pausa, un silencio, y cuando espera la voz de algún actor, es la chica de antes, que le confirma que tiene una película para devolver. «Me sale en el ordenador», dice ella, y es como si no hubiera réplica posible. Extrañado, no sabe qué decir, cómo quejarse, y entonces, para ganar tiempo, pregunta el título de la película. «Es una película para adultos —dice la chica—, pornográfica.»

Al cabo de una hora y media, mientras se ducha después del partido de squash y el compañero del trabajo intenta convencerle de que se apunte a una cervecita en un bar para separados, Leif todavía piensa en la forma en que la chica ha dicho «pornográfica», y puede notar la vergüenza que se le esparce por todo el cuerpo, como uno más de los componentes químicos del jabón dermoprotector.

4

Mediodía del martes y Leif observa una por una, atentamente, las carátulas de las películas pornográficas expuestas en los anaqueles del videoclub. Todos los títulos le suenan igual, largas frases habitadas por colegialas traviesas, frutas jugosas o juegos prohibidos, variaciones sobre el mismo tema, y las actrices de las fotos también se repiten a menudo: hay una rubia de mirada ingenua y pechos estratosféricos a la que por lo menos ya ha reconocido disfrazada de enfermera, diosa griega, soldado de infantería y presidiaria, siempre intentando contener su cuerpo incontenible en un vestido liliputiense. Leif levanta la vista y se da cuenta de que a su alrededor no hay nadie más, algo que agradece, pero al mismo tiempo no puede evitar verse a sí mismo como un pervertido: ¿quién alquila películas porno a la una y media del mediodía de un martes? Con ojos de perro apaleado mira a la chica de la caja para buscar una respuesta, pero ella no lo nota porque está concentrada comiendo una manzana y hojeando una revista de famosos. Impaciente y ofuscado, Leif está a punto de abandonar, pero las novedades que ha sabido hace diez minutos (y el papel arrugado que sujeta con la mano izquierda, donde están apuntados los títulos de tres películas de ésas) le empujan a continuar la búsqueda un rato más, venga, a ver si hay suerte.

Las novedades. Las novedades son importantes y positivas, pero han empezado a desestabilizarle otra vez. Como el psiquiatra le aconsejó que no eternizara sus problemas, hoy ha aprovechado la pausa de la comida para plantarse en el videoclub en taxi y solucionar el asunto de la película no devuelta. Tras la caja sólo estaba esa chica de aspecto simpático, sin duda la que ayer dejó el mensaje, sin duda, y cuando ella le ha preguntado su nombre y él ha empezado a hablar del error (como si la palabra pudiera resumir a su vez el suplicio y la angustia que le devoraban), ella ha sonreído y le ha dicho, ah, sí, que no se preocupara, que todo estaba arreglado: ese mediodía, apenas hacía un par de horas, su esposa ya había devuelto la película.

Leif se ha puesto pálido. De repente todos esos meses de terapia se han echado a temblar de una forma metafísica, es decir, de una forma sobrenatural. Sólo ha sido capaz de balbucear un «muchas gracias» finísimo, inaudible, y ha salido a la calle. Fuera, mientras caminaba sin rumbo, ha empezado a digerir la información: su ex mujer tiene que vivir en el mismo barrio que él, su ex mujer todavía utiliza la tarjeta familiar para alquilar vídeos, su ex mujer ve películas pornográficas. Un sudor frío le empapaba ya la espalda, porque desde que la vio por última vez siempre la ha imaginado en algún lugar inconcreto, pero definitivamente situado en el otro extremo del mundo. ¿Y si un día, de pronto, se cruzase con ella por la calle, seguramente acompañada de alguien? ¿Cómo reaccionaría? Le hubiera gustado tener allí enfrente a su psiquiatra para que le aconsejara, igual que un ángel de la guarda, pero en estas circunstancias la vida suele decidirse por los recursos prácticos, y quien

se le ha aparecido mentalmente ha sido su amigo del trabajo, el separado, ese dobla-esquinas desclasado que aquí no
tiene ni nombre, con su cháchara taciturna y falsamente de-
senfadada; y un fragmento de la conversación de ayer noche se le ha hecho inmediatamente visible, como si alguien
lo hubiera subrayado con un rotulador fosforescente: «Cré-
eme, chaval, deberías controlar a tu ex —le decía mientras tomaban una bebida isotónica en el bar del squash—, yo de ti
la vigilaría, porque las mujeres nunca sabes por dónde te van
a salir.»

Las palabras han tenido un efecto detonador. Leif ha
dado media vuelta y ha entrado de nuevo en el videoclub,
ahora con una energía desconocida. Ensayando una pose de
padre de familia ejemplar, ha preguntado a la dependienta si
había forma de saber qué películas había alquilado en los últimos tiempos, es decir, porque nunca recordaba los títulos
y le daba miedo repetirse. Sí, por supuesto, no hay problema, la chica es simpática y el ordenador guarda toda la información de los últimos dos años, de forma que si le enseña la tarjeta familiar, o el documento de identidad —con
eso bastará—, ella podría imprimirle el listado. A medida
que la impresora escupía el papel, sin embargo, la chica ha
ido mirando los títulos y se ha sentido decepcionada. Seis
películas, ése es el insignificante bagaje de los últimos veinticuatro meses.

Allí mismo, de pie, Leif ha leído los títulos: el primero correspondía a una película de dibujos animados de Walt
Disney, alquilada un fin de semana que tuvieron en casa a
los sobrinos de Irina; la segunda era una película danesa que
les recomendó un amigo que se cree intelectual, pero por lo
que recuerda la devolvieron sin haberla visto (¿o quizá la vieron durante veinte minutos y les pareció demasiado lenta?);
la fecha de la tercera le ha recordado que la alquilaron una
semana antes de ir de vacaciones al cámping con la roulotte,
y era una comedia sentimental y tierna, protagonizada por

49

Tom Hanks, que a los dos les había puesto un poco tontos. En cuanto a las películas restantes, las tres pertenecían ya a la etapa ex mujer, sin duda, y sin duda las había alquilado ella, sin duda —tres películas porno que se había llevado el viernes y había devuelto el lunes (la última hoy, el martes), cuyos títulos Leif intenta ahora descubrir en ese almacén de sexo que le rodea, un escaparate de cuerpos sudados, piernas retorcidas, pechos siliconados, lenguas húmedas, uñas postizas, cabellos teñidos, pubis rasurados, dedos mojados, vestidos manchados y tatuajes inocentes.

Finalmente, una de las frases (a estas alturas memorizada y repetida mentalmente con el delirio de un mantra) sobresale de entre esos títulos y reclama su atención: comprueba en la lista que se trata de la primera película alquilada por su ex, respira, coge el estuche con decisión y sigue buscando. Ahora ya se siente impulsado y no tarda en encontrar la segunda y la tercera, como si estuvieran esperándole. En la caja, enseña otra vez el carnet de identidad y mientras la dependienta le cobra el alquiler y mete las películas en una bolsa de plástico demasiado transparente, él hace como que se arregla el nudo de la corbata. Es un gesto que pretende resaltar la fortaleza de su carácter en ese preciso instante, pero a los ojos de la chica (que por las noches estudia filosofía en la universidad) revela tan sólo la angustia vital de un macho padre de familia que, afectado por vete a saber qué resorte freudiano de la mente humana, no puede más que alquilar de nuevo las pornos que ya ha visto, y de tres en tres.

5

Son las once de la noche. Leif está en su casa tumbado en el sofá y ya ha terminado de ver la primera película porno.

Al principio intentó verla con una frialdad quirúrgica, es decir, analítica, comiendo una ensalada que se había preparado él mismo y con un bloc de notas a su lado, pero las imágenes y las voces salían con tanto ímpetu del televisor que no pudo evitar que le envolvieran poco a poco y le arrastraran hacia la excitación más auténtica. Hace unos cuantos meses que su vida sexual es una criatura que hiberna, decaída y adorable, pero de repente el animal se despierta famélico, reclama la pitanza y al cabo de medio minuto, entre convulsiones, se duerme de nuevo como si nada hubiera ocurrido. Leif observa la ensalada de tomate y mozzarela a medio comer, encima de la mesita, y se siente demasiado lleno, es decir, con el estómago atascado. Interiormente, mientras rebobina la cinta de vídeo, se convence de que es por culpa de la tensión acumulada durante el día y decide que se va a la cama, mañana intentará ver las otras dos películas como si fuesen un documental.

Demasiada tensión, sí. En el trabajo, la tarde se le ha hecho larguísima. Incapaz de trabajar, se ha pasado el rato echando miradas al reloj y esperando la hora de irse a casa. Además, en el último momento, cuando ya se marchaba, el amigo separado ha estado a punto de provocarle un ataque al corazón. Leif estaba en el rellano hablando con Lisa mientras esperaban el ascensor. Aunque fuera llovíznaba, él aún no se había puesto la gabardina porque le ayudaba a disimular la bolsa de plástico con las películas; Lisa llevaba en la mano el libro de García Márquez que él le había prestado y comentaba que tenía muchas ganas de leerlo: esa misma noche, tras bañar a los niños y meterlos en la cama, empezaría y podría dedicarle un buen rato, porque hoy su marido está de viaje. ¿Sabes?, a ella siempre le ha gustado mucho leer, y ésa es una de las cosas que más echa en falta desde que se casó, porque su marido no es muy lector que digamos y con los dos niños siempre van de cráneo. Leif le respondía que sí, que cuando estaba con su ex mujer él también leía menos, y hablaba mirándola a los ojos azules y sabía adivinar en ellos suficiente profundidad para sumergirse sin miedo, quizá un día de éstos, pero entonces, acercándose por sorpresa, el separado les ha interrumpido y le ha preguntado a Leif si se apuntaba a una cervecita rápida en el bar para separados, que queda muy cerca del trabajo.

«¿Eh? No, la verdad es que ahora no me va muy bien, tengo cosas que hacer en casa», ha respondido Leif, esquivándole para sonreír a Lisa y buscar un poco de complicidad (la ha encontrado), y entonces, por inercia, o porque estaba nervioso, o para remarcar las palabras, ha hecho un movimiento torpe con la bolsa de plástico y la gabardina le ha resbalado de la mano. Oh, durante unas décimas de segundo han bordeado la catástrofe, porque los tres se han agachado al mismo tiempo para recogerla y entonces la bolsa de las películas ha golpeado contra el suelo, se ha abierto un poco y casi las ha soltado todas allí mismo. Leif se ha dado prisa en cerrar la bolsa, con la mente en blanco, y al levantarse de nuevo se ha encontrado cara a cara con Lisa, que le ofrecía la gabardina (los dedos se han tocado y ambos han notado las cosquillas de una descarga benéfica). Al mismo tiempo, el separado le dedicaba una sonrisa maliciosa, y guiñándole un ojo de manera estúpidamente sensual le decía que no sufriera, que ya lo entendía: si esa noche tenía una cita, él no era quién para estropearla. Balbuceando, mirando hacia una Lisa de repente lejana, Leif ha intentado desmentirlo, pero ha llegado el ascensor lleno de oficinistas como ellos y los tres, llevados por los automatismos cotidianos, han bajado en silencio y tras despedirse hasta mañana han salido a las calles mojadas.

• • •

6

A las 6.56, cuatro minutos antes de que suene la alarma, como todos los días, Leif se despierta sobresaltado y con las sábanas empapadas de sudor frío: acaba de tener una pesadilla erótica. Mientras la imagen final se desvanece de la parte consciente de su cerebro, como una acuarela sumergida en agua, o como si estuviera impresa en tinta simpática, se asusta porque comprende que eso no es nada normal. Todo el mundo tiene sueños eróticos, se dice, episodios húmedos y procaces que después son revividos ante los amigos con una afectación vanidosa, pero nunca había oído hablar de pesadillas tan terroríficamente lujuriosas como la que acaba de sufrir. Tendrá que contárselo al psiquiatra. Cierra los ojos y antes de que se le escurra definitivamente, intenta salvar algún fragmento de la pesadilla: todo era de color carne, le parece recordar, y diría que en algún momento se ahogaba con un mechón de pelos en la garganta, pero no puede precisar más. Abre los ojos y los párpados le pesan. Tiene la impresión de que aún es de madrugada, de que no ha dormido más que un par de horas, y echa un vistazo a los números fluorescentes del reloj para regalarse una larga tregua de sueño. Horrorizado, comprueba que ya son las 6.58. Para evitar dormirse de nuevo, se esfuerza en seguir el parpadeo de los segundos que avanzan y en el último momento, cuando sólo faltan dos para las siete en punto, decide amnistiar la alarma y aprieta el botón.

El gesto tiene más importancia de lo que parece. Como a estas alturas Leif es un carácter frágil y errático, un juego tan insustancial como ése le permitirá enderezar un día que nacía torcido. Ante el espejo, un rato después, se toca las bolsas de las ojeras y se siente cansado, como si aún tuviera que irse a la cama. Un pensamiento dramático entristece por momentos ese rostro reflejado: tras noches como ésta Irina siempre estaba a punto para hacerle un masaje. Como si buscara un antídoto, mientras se ducha y se friega el cuerpo puliéndolo con la esponja, casi buscando el dolor, recuerda unas palabras del psiquiatra que tienen la energía de un tonificante. «Con el tiempo tienes que ir pelándote igual que una cebolla —le aconsejaba en la última sesión—, tienes que quitarte capas y más capas de personalidad muerta para volver a ser tú mismo.» A continuación, para demostrarse que tiene fuerza de voluntad, sale de la ducha, se afeita y se peina el pelo mojado, pero no se lo seca (como siempre le sugería Irina) porque ahora lo lleva muy largo y le parece que el secador da demasiado volumen a su cabeza. Acaba de desprenderse de la primera piel de cebolla.

Esa euforia contenida le hace más corta y agradable la jornada en la oficina. A mediodía le convocan por sorpresa a un *brain storming*. En el pasillo coincide con Lisa, que le mira fijamente, estudiándole, y caminando a su lado le habla con una combinación de misterio y coquetería: «O sea, que la cita secreta de ayer era con el peluquero... ¿Te has cortado el pelo, verdad?» Leif se sonroja. «Sí. No. No, no —responde aturdido, y miente—, sólo le pedí que me domesticara el pelo, es decir, ya sabes, que me lo arreglara y basta», y se pasa la mano por la melena para darle más caída. Ella sonríe. «No, si te queda muy bien, como muy *fashion*», le dice cuando ya están delante de la puerta de la sala de reuniones, y él le cede el paso agradecido.

En la mesa oval se sientan uno al lado del otro. Mientras el director empieza a hablar, ella escribe algo en un papel, apresuradamente, y se lo enseña: «Ayer empecé a leer a García Márquez. ¡Me encanta!», ha escrito. Sin mirarla, de perfil, Leif le devuelve la sonrisa de antes. El director les ha reunido para que propongan soluciones para la crisis financiera que se avecina. Normalmente, Leif se aburre en esa especie de encuentros, es muy discreto y no se arriesga a hablar si no es para expresar una obviedad necesaria para que la discusión avance. Esta mañana, sin embargo, se siente confiado y pide la palabra para proponer una intervención drástica a nivel del pequeño accionista. Los otros —y el director el primero— no esconden su sorpresa, admirados de su atrevimiento, y entonces él lo justifica: «Es que las inversiones del pequeño accionista son el termómetro que mide la temperatura financiera del mercado.» La metáfora le ha venido así, como si nada, pero hace que se sienta satisfecho al instante. Mientras surgen nuevas propuestas, tímidas y cobardes al lado de la suya, se la repite por dentro y la apunta en la agenda electrónica como quien hace números.

Cuando salen de la reunión, el día ya declina. En el refugio íntimo de su cubículo, que a veces le transporta a la cabaña de madera que su padre le construyó en el jardín de su casa, Leif disfruta del riesgo de su propuesta (que de momento no ha sido aprobada) y no tiene ganas de pensar en nada más. Una llamada de teléfono le distrae de su ensueño. «Soy yo», le dice el separado. Leif alarga un poco el cuello y mira por encima del cubículo en dirección al fondo de la sala, donde la cabeza del separado le saluda levantando las cejas y con el auricular en la oreja. «Ayer por la noche intenté llamarte un par de veces —le cuenta con un tono que quiere ser confidencial—, pero tenías el móvil desconectado. Nada, sólo era para decirte que si necesitas películas de titis, no hace falta que vayas al videoclub. Pídeme lo que quieras, en casa tengo una vitrina llena a tu disposición.» Leif sólo acierta a musitar un agradecimiento pudoroso, y antes de colgar el otro sentencia: «De verdad, no hay problema, chaval. Si los separados no hacemos piña y nos ayudamos, estamos jodidos.»

· · ·

7

En la cama, antes de dormirse, las palabras del separado le vuelven a la memoria con otro sentido, más profundas y cargadas de piedad. Sí, quizá saldría ganando si aceptara definitivamente que él también forma parte de la hermandad mundial de separados, un corazón solitario que se añade a la lista. Para dar cuerpo a esos pensamientos negativos, Leif se flagela con un gesto que en los últimos meses ha repetido docenas de veces, instintivamente: alarga el brazo izquierdo y con la mano alisa la llanura inhóspita y desierta del otro lado de la cama. A continuación, lánguidamente, en la oscuridad se toca la frente y se atrevería a predecir que tiene unas décimas de fiebre, pero después de los descubrimientos de esa noche está tan desconcertado que ya no sabe de dónde le llegan los males. Irina los eclipsa todos, sin duda, y cuando el psiquiatra lo sepa (porque tendrá que contárselo), sin duda le regañará, sin duda.

Los descubrimientos de esa noche. Tal como había proyectado, al volver del trabajo se ha dedicado a los vídeos pornográficos que alquiló, examinándolos con la indiferencia de un detective que se las sabe todas. En primer lugar, para evitar sorpresas desagradables, ha vuelto a ver el vídeo de ayer pero pasándolo a más velocidad. Los personajes acelerados se movían con un aire de caricatura, de cine mudo, y parecía que practicasen el sexo por pura necesidad fisiológica, como los conejos —una ráfaga de embestidas y a otra cosa—. La escena que ayer le excitó tanto, hoy ha pasado de largo con una apariencia macilenta, como una estación de tren en ruinas que hubiese frecuentado antes y donde el tren ya no se para. Las otras dos cintas las ha visto a velocidad normal, pero procurando no implicarse mucho en el asunto.

56

Con la libreta en la mano, ha tomado notas todo el tiempo, consignando los detalles que podían conducirlo a la imagen de Irina viendo precisamente esas imágenes. Ha hecho una lista de las actrices que salían en la pantalla, y sus nombres falsos —Chasey, Tori, Jenna, Racquel— le han hecho pensar en tenistas norteamericanas de segunda fila, siempre estancadas en los octavos de final de los torneos internacionales. Ha apuntado detalles de las mansiones y apartamentos mal iluminados donde tenía lugar la acción, con especial interés por el mobiliario (Irina compraba revistas de decoración): sofás de tela sufrida, mesas de metacrilato de gran resistencia, almohadas del tamaño de un colchón, espejos en el techo, camas en forma de corazón, jacuzzis en forma de corazón, piscinas en forma de corazón. De repente se ha emocionado porque se ha fijado en una flor de plástico exuberante, que imitaba un ramo de orquídeas gigantes, y habría jurado que se repetía en otra de las películas. Ha cambiado de cinta para comprobarlo, la ha buscado y sí, estaba. Se ha fijado en las escenas de sexo y al mismo tiempo ha catalogado con satisfacción el repertorio de tatuajes que adornaban esos cuerpos, porque tres semanas antes de la separación, en el cámping donde estaban de vacaciones, un día Irina le sorprendió adornándose la cadera derecha con un delfín que saltaba ágilmente. Ha encontrado tigres, pingüinos, serpientes, mariposas, caballos rampantes y una cosa deformada que parecía un mono saltando entre dos senos, pero ningún delfín. Con un poco de asco ha procurado memorizar las facciones de los actores, los bigotes, las espaldas sudadas y depiladas, y como todos tenían una cara parecida, por pura obsesión se ha entretenido esbozando una especie de retrato robot.

Al final de la sesión ya estaba harto, agotado, y durante un tiempo, si cerraba los ojos, en el interior de los párpados se le proyectaba un amasijo de cuerpos fornicando sin parar. Para relajarse se ha preparado un vaso de leche con Colacao y ha dejado caer en él media docena de galletas maría desmenuzadas. Acto seguido, sentado en la cocina, mientras con una cuchara se comía esa papilla, se ha entregado al estudio de las notas para hallar indicios y coincidencias. Había una actriz rubia que se parecía a Irina, era su versión comercial con conservantes y anabolizantes, pero no le ha hecho demasiado caso porque sólo tenía un papel secundario —una felación— en una de las tres películas. Uno de los actores salía dos veces, copulando con y sin cazadora vaquera, pero su cara era demasiado anodina para que pudiera significar algo: le ha mostrado su menosprecio tachando su nombre de la lista. Ha repasado los modelos de coche que aparecían en las películas, los zapatos de las actrices, los colores de la lencería, la hora que marcaban los relojes de pared. Ha comprobado que siempre se repetían las mismas escenas de sexo, con pequeñas variaciones en cuanto a número, color de piel y duración, y entonces, cuando ha intentado verificar los decorados, se ha dado cuenta de que la escena final de los tres vídeos tenía lugar al aire libre —en una playa semidesierta, en la terraza de un ático, aplastando un campo de trigo a punto de segar— y ha recordado que Irina y él se habían excitado más de una vez planeando una noche de sexo silencioso en un parque desolado y céntrico de la ciudad. A regañadientes, ha experimentado una erección.

8

El psiquiatra y Leif se están cogiendo confianza. La sesión del viernes por la tarde es la número once desde que iniciaron el tratamiento. De un tiempo a esta parte se tutean, para eliminar barreras, y ahora, cuando está en la consulta, las axilas ya no le sudan como al principio. La vida de Leif se ha complicado muchísimo durante los últimos siete días, por eso hoy, cuando se acomoda en la butaca, inconscientemente se siente orgulloso de ofrecer tanta carnaza al psiquiatra, como si al fin y al cabo todo sucediera nada más que para llenar el silencio de esa hora, o como si fuese él quien cobrara al final de la sesión. Leif va derecho al asunto de las películas porno (que el médico minimiza con una expresión de condescendencia) y las relaciona con Irina, es decir, con su supuesta afición al sexo al aire libre (la expresión se agrava, el psiquiatra se remueve en su sillón). De vez en cuando, para complicarlo todo aún más, Lisa aparece aquí y allá, como una suplente que calienta en la banda y espera la oportunidad para debutar. «Cada vez lo veo más claro, sin duda —comenta Leif en algún momento—, el sexo es el termómetro que mide la temperatura de confort de una relación estable.» El psiquiatra asiente (y apunta la frase para analizarla más tarde).

Durante toda la narración, que Leif desgrana en un tono confesional pero desordenado, el psiquiatra no deja de tomar notas y se muerde el labio inferior. Por dentro, llora de agradecimiento. De vez en cuando levanta la vista de los papeles y echa una mirada nerviosa al reloj. Como después no tiene ningún otro paciente, cuando faltan diez minutos para que termine la sesión le dice a Leif que hoy, excepcionalmente, podrán prolongarla un poco. Leif recibe la prórroga con la misma ilusión con que, a los quince años, celebraba una vida extra en las máquinas de matar marcianos. Se apoltrona en la butaca y hace que entre un secundario de lujo en su historial psiquiátrico: el separado de la oficina.

Ayer jueves por la tarde, al salir del trabajo, volvió a jugar al squash con el separado. Después del partido, que Leif ganó con una superioridad ofensiva, el separado le propuso una vez más que le acompañara a tomar una cerveza. Aunque su voz parecía enérgica y nada compungida, en el silencio del vestuario medio vacío las palabras resonaron como una súplica desesperada. Mientras se peinaba hacia atrás el pelo demasiado mojado, para que sobre todo no cogiera volumen, Leif contempló en el espejo al separado, que se estaba perfumando hasta el último centímetro del cuerpo, y le pareció que su figura se reflejaba con una morbidez de reformatorio. La imagen le deprimió al momento, y añadiéndose a la sensación de que durante el partido le había humillado en exceso, hizo palanca para que le volvieran a la memoria, como un eco, sus palabras de ayer en el teléfono —«Si los separados no hacemos piña, estamos perdidos»— y finalmente aceptó la invitación.

Veinte minutos más tarde, el separado empujaba una puerta de cristal ahumado, tan gruesa que parecía blindada, y le invitaba a entrar pasándole un brazo por el hombro. Leif creía que iban a un bar normal y corriente, con barra de acero inoxidable, camareros maleducados y máquinas tragaperras en los rincones, y se sorprendió porque ese lugar tenía todo el aspecto de un puticlub. El separado le leyó el pensamiento. «No te asustes, chaval —le dijo—, años atrás esto había sido una barra americana, pero ahora es tan sólo un punto de encuentro para el gremio de los separados.» Leif intentó una sonrisa y le siguió hacia la barra. Una intensa bocanada de ambientador intentaba tragarse la peste del humo de tabaco. Cuando los ojos se le acostumbraron a la luz atenuada, sin ninguna discreción examinó el lugar. En los sofás, de un terciopelo rojo burdel, se arrellanaban tres o cuatro grupos de hombres y mujeres que hablaban y fumaban en la oscuridad. De vez en cuando, una carcajada femenina y un poco histérica se elevaba de uno de los grupos y ahogaba la música, que era suave y romanticota. Un hombre y una mujer muy arreglados hacían manitas en la penumbra de la pista de baile vacía. En la barra, sin perderles de vista, dos mujeres solas charlaban animadamente, es decir, como si discutieran, y una de ellas se secaba las lágrimas con un pañuelo pequeño que luego disimulaba entre los dedos.

Leif y el separado se sentaron en la barra, cerca de ellas. Un camarero saludó al separado por su nombre de pila y le preparó un San Francisco. Sin recordar exactamente qué era, Leif pidió lo mismo. «¿Quieres que te cuente un pequeño secreto? —dijo entonces el separado, cogiendo un puñado de kikos blandos de un bol lleno a rebosar—. Yo soy uno de los socios de este local. Un pequeño accionista», dijo, y se rió exageradamente. Leif también esbozó una sonrisa hipócrita y a continuación, sin saber por qué —como si quisiera mostrarse agradecido por la información—, le dio un puñetazo flojo en el estómago, de broma. Al momento se sintió idiota, pero el separado quiso verlo como un signo de complicidad y se abrió a las confidencias. «Un local así, Leif —le dijo haciendo un gesto ecuménico con el vaso largo de San Francisco—, es el lugar ideal para volver a la circulación. Los separados, hombres y mujeres, entramos aquí como si llegáramos a boxes, ¿me explico? Ponemos el fórmula 1 a punto, llenamos el depósito y ya estamos listos para volver al circuito.» Soltó otra risotada exhibicionista y el camarero, como si se la hubiera contagiado, también sonrió a pesar de que estaba demasiado lejos para seguir la charla.

Mientras le escuchaba, Leif observó atentamente el rostro del separado: cuando hablaba con ese entusiasmo, como un poseso, se le veía mucho más viejo y gastado. Ahora, de repente, le echaría más de cincuenta años. Bajo la luz amarillenta y transpirada de los focos, los injertos de pelo tenían el aspecto de un estropajo de fontanero, brillante y grasiento. Como el separado parecía esperar algún comentario a su teoría, Leif se encontró diciendo: «Sí, sin duda, un local como éste, donde te puedes relacionar tan fácilmente, es el termómetro que mide la temperatura amorosa del separado o separada», y para remarcar la sentencia hizo el gesto de brindar y bebió un trago largo de su San Francisco. Atónito, el separado le hizo repetir las palabras, después pidió al camarero un bolígrafo y un posavasos y en el dorso apuntó la frase, con el mismo trazo vigoroso con que escribe habitualmente los números de teléfono conseguidos. «La utilizaré para felicitar la Navidad a los amigos del bar —le dijo acto seguido para justificarse—, o mejor no, mejor se la podríamos enseñar a ésas de aquí al lado. —Hizo un leve movimiento de cabeza para referirse a las dos mujeres que estaban en la barra—. Diremos que eres poeta.» Leif se estremeció de pánico y le cogió del brazo, a tiempo para frenarle, muchas gracias pero es que no podía ser, tenía prisa y ahora sí tenía que irse ya, muchas gracias. El separado insistió una última vez, pero si no te has terminado el San Francisco, e intentó ponerle el caramelo en la boca —«Para ti la que llora, venga, que será más fácil»—, pero Leif ya sacaba la cartera para pagar y el separado lo rechazó con cara de ofendido. Eso era como su casa y allí pagaba él. «Sin duda, sin duda —le espetó Leif dándole la mano—, te debo una», y huyó del club con los ojos desorbitados.

En el taxi que le llevaba a casa, suplicó al conductor que buscara una emisora de música disco, o rock, o dance, o algo muy juvenil para neutralizar ese mundo caduco y fósil que intentaba engullirle. Ya en casa se sintió más protegido y la turbación se fue disipando, pero esta mañana de viernes, cuando estaba a punto de entrar en su cubículo, el separado le ha llamado desde el pasillo y con un gesto obsceno de las caderas y poniendo los ojos en blanco, le ha gritado: «¡No sabes lo que te perdiste anoche!»

• • •

9

Capas y más capas y más capas de personalidad, como una cebolla. Recién levantado, Leif afronta el sábado con una determinación y una calma que ya le parecían definitivamente perdidas. Esta noche ha dormido de un tirón, sin pesadillas que le hagan añorar las madrugadas elásticas del insomnio, y está convencido de que las palabras del psiquiatra, salmodiadas con el poder inocente y aturdidor de una canción de cuna, le han procurado un sueño más plácido.

Ayer, después de divertirse como una criatura con la atribulada semana de Leif, el psiquiatra realizó una interpretación de todo lo acontecido que era como un traje a medida. Repasando las anotaciones, el sastre de los estados de ánimo (así le gusta definirse en las reuniones con otros colegas) desenmascaró una vez más sus puntos débiles. El separado, por ejemplo, era un aviso, una proyección del futuro que él quiere evitar. También le insistió cien veces en que tiene que desembarazarse de las zonas muertas de su personalidad. «Tienes que repetírtelo todos los días, Leif, como un padrenuestro», le ordenó con confianza, de amigo a amigo.

En el revés de la trama, por supuesto, componiendo por azar un dibujo demoníaco, se hallaba Irina. Al escuchar su nombre, Leif no pudo evitar verla de nuevo en la playa del cámping, con su bañador de colores y el pareo definiéndole la cinturita, y el psiquiatra se esforzó para hacer un poco más amargo ese recuerdo agridulce. Redujo a Irina a un vestigio del pasado y la confinó en una prisión de metáforas sacadas de un consultorio sentimental —una carta quemada, una puerta sellada, una flor marchita—. También se refirió entonces a las películas pornográficas (antes le había mendigado mil detalles) y, para rematarlo, le habló de comportamientos psicopáticos. Al mismo tiempo, en nombre de la profesión, se interesó vivamente por las particularidades de esa manía morbosa, con qué síntomas se había manifestado anteriormente, si la infidelidad había sido de ese estilo (pero ¡no, no, qué va, al contrario!), cuál sería «el territorio donde actuaba ahora». Leif le respondía con imprecisiones, porque, a pesar de su finalidad curativa, los recuerdos aireados de mala gana le volvían demasiado vulnerable y al fin impedían que el vacío dejado por Irina terminara por coagular.

«¿Y con Lisa qué hacemos?», preguntó Leif para cortar el interrogatorio del psiquiatra. Ah, sí, que siguiera explorándola, que no la dejara de lado pero que tampoco se cerrara a las novedades, es decir, que también hiciera el favor de visitar nuevos lugares, conocer gente. Que buscara las buenas vibraciones, por favor. Que disfrutara del presente, que lo de-gus-ta-ra. A cada consejo Leif asentía con docilidad, pero al final de la sesión el psiquiatra le vio demasiado resignado y para animarle le habló de un concepto revolucionario y deslumbrante que estaba practicando con algunos pacientes: la terapia acuática para volver a nacer. Si él quería (sí, sí, por supuesto), más adelante, cuando hubiese hecho las paces con el pasado, programarían una sesión: desnudo en soledad, dentro del agua tibia de una piscina, aprendería a sumergirse de una forma tan fascinante que le permitiría retornar al útero materno. Reviviría el chapoteo del líquido amniótico, la cálida protección de la placenta, la libertad ilimitada de ser un feto, y cuando emergiera de nuevo a la superficie —un nacimiento sin traumas, esta vez—, ya sería un hombre nuevo.

La luz que se filtra por el cristal traslúcido de la ventana, tan líquida este sábado, le produce un efecto de renovación parecido. Capas y más capas y más capas de personalidad por eliminar. Ante el espejo del baño, Leif se repite la oración para sus adentros, moviendo imperceptiblemente los labios, y se diría que esa banda sonora minimalista le dicta los cambios necesarios para salir de casa. Hace un rato, cuando se ha afeitado, se ha dejado las patillas dos centímetros más largas, un poco escaladas, y alrededor de la boca se ha diseñado una perilla pulcrísima y un bigote tan delicado que se enlazan con la gracia indómita del istmo de Tehuantepec.

Ahora, como el pelo sin secar le parece lo bastante largo, rebusca entre la maraña de objetos que su ex no se llevó (y que todavía se atrincheran en un cajón, clandestinamente). Enrollados en pinzas, pasadores y gomas para el pelo, descubre unas tijeras de pedicura y una lima para las uñas con el papel de vidrio gastado, una brocha reseca para empolvarse la cara y un frasco de esmalte mal cerrado que hace que el cajón apeste, un peine afro de púas romas y dos cepillos abrazados en donde habita un nudo de cabellos rubios que le provocan un escalofrío. Con dedos temblorosos, escoge una de las gomas y cierra el cajón de golpe. A continuación, con mucho cuidado, se recoge el pelo en una coleta exigua pero, vista de perfil, con mucho carácter. La toca sutilmente y el reflejo de Leif en el espejo se envanece, pero aún así se siente incompleto: desde hace un minuto hay una molestia —un vacío— que le contraria, como una idea que se le ha escurrido antes de tomar cuerpo. Se escruta los ojos con atención, la nariz, la boca, las orejas y de pronto ya sabe lo que ocurre. Vuelve a abrir el cajón y ahora sin vacilar lo escudriña hasta que saca de allí dentro un pequeño pendiente plateado. Es un aro de mentira, de un disfraz de pirata que llevó en el carnaval de hace un par de años (el pirata y la sirena) y no necesita agujero para aguantarse. Leif se lo prueba en la oreja derecha, para jugar, y es como si hubiera puesto la última pieza de un puzzle.

El ritual de vestirse con ropa deportiva, igual que cada fin de semana, se sucede en medio de una levedad coreográfica, como de musical. Escoge una vieja cazadora vaquera y unas Nike gastadas y ya está listo para salir a recibir el sábado. Cuando abre finalmente la puerta del apartamento, se gusta tanto, pero tanto, que la atmósfera se carga con el aroma del triunfo, como si el perfume de la autoestima pudiera comprarse a granel.

10

Sábado por la tarde y Leif conduce por la autovía que le llevará directamente a Ikea. Desde que ha salido de casa, por la mañana, el día se ha esforzado para ofrecerle el confort de la normalidad. Paseando sin prisas, sin ese aspecto de convaleciente que tenía durante los últimos meses, Leif ha ido al videoclub para devolver las tres películas pornográficas. Con un aplomo desconocido hasta hoy, ha querido saber si todavía les quedaba alguna película en casa, es decir, a su familia, es decir, por devolver, y esta vez el ordenador tampoco ha mentido: sí, ayer viernes, a las siete de la tarde, alquilaron otra. ¿De la categoría X, quizás? Sí, sí, de la categoría X (sonrisa cómplice de la chica, hoy). Se ha pasado una mano por la coleta y el gesto ha servido para ahuyentar a Irina de su mente, con contundencia.

Saliendo del videoclub ha comprado el periódico, ha paseado un rato por los jardines del barrio y le ha dado pena no tener un perro que le ayudara a perfeccionar ese paseo. Como una proyección de sí mismo, se ha cruzado con un joven que llevaba atado un cachorro de setter irlandés, rebelde y juguetón, a quien llamaba por el nombre de *Tsunami*, y por pura empatía ha sentido la necesidad de saludarles. A continuación se ha metido en el bar de siempre y ha pedido un plato combinado como desayuno-almuerzo.

Tras el amplio ventanal, el tráfico enmudecido de la ciudad hoy se le ha presentado como una filmación de cámara oculta. Mientras comía y hojeaba el periódico, de vez en cuando levantaba la vista y echaba un vistazo a la calle. La gente pasaba caminando con una indiferencia conmovedora. Hubo un momento curioso, como un *déjà vu* imperfecto de una escena vivida seis días atrás: Mirra, la esposa de Eric, ha aparecido en el cuadro por la izquierda y ha traspasado la pantalla con su caminar altivo. Iba acompañada de Bàrbara (que Leif reconoce de alguna cena en casa de Eric y Mirra), y durante unos segundos han dudado si entrar en el bar. Leif ha hundido los ojos en el periódico —porque así se sentía invisible— y ha masticado sin ganas un poco de beicon crujiente, como a él le gusta, esperando que pasaran de largo porque no le apetecía nada hablar con ellas. Mirra y Eric también son pieles muertas, se ha dicho entonces para justificarse.

Ahora Leif llega a Ikea y cuando entra en el aparcamiento se encuentra con una gran cantidad de coches impecablemente alineados, como si fuesen contenedores portuarios. La imagen no es para él ninguna sorpresa, sin duda, ni tiene un efecto disuasorio, sin duda que no, porque ayer el psiquiatra le aconsejó que volviese a los lugares que le gustaban y hoy viene con la remota esperanza de coincidir nuevamente con esa chica con quien compartió, durante dos minutos de nervios, un sofá como el que ahora se encuentra en el salón de su casa. Ya casi ni recuerda sus facciones, sólo esa sonrisa nacarada de anuncio, pero está tan predispuesto a reencontrarla que la incertidumbre se convierte en un estímulo. Nada podrá con él en este día.

A medida que sube las escaleras mecánicas (tocándose el pendiente), descubre un ejército de criaturas que se mueven distraídas entre una selva de piernas, corriendo de aquí para allá, removiendo muebles o revolcándose por el suelo, y cuando llega arriba del todo puede calcular la frondosidad de ese bosque: decenas de familias circulan por los pasillos de Ikea con esa mirada entre curiosa y asustada que tenían Hansel y Gretel.

Aunque le gustaría ir directamente al área dedicada a los sofás, probar todos los modelos y tumbarse en ellos como si le mudaran la personalidad —un Leif dominante en el sofá de piel negra, un Leif infantilizado en la butaca de plexiglás transparente, un Leif tímido en el sofá cama de tela sintética—, puede controlarse y sigue el itinerario que recomiendan las flechas del suelo. Sin pensar mucho en ello, se para frente a pilas de objetos que antes también miraba con Irina, cuando ella le magnetizaba los días, pero ahora en soledad le parecen desanimados y sin ningún interés. Muebles para 120 discos compactos, lámparas halógenas con una pinza, jarrones para poner flores que vienen de Estocolmo.

En la zona de las cocinas simula que está estudiando los acabados de los armarios, o que le atrae el futurismo glacial de las nuevas vitrocerámicas, y en los cuartos de baño pasa una y otra vez frente a los espejos confrontados, como si no se diera cuenta, porque le gusta ver su reflejo galvanizado hasta el infinito. Una señora mayor, de aspecto nórdico, le ve tan desenvuelto que le toma por un dependiente y le llama para pedirle consejo. Le gustaría un modelo de lavabo que tiene un aire retro, pero no está del todo convencida. Los dos lo examinan con atención (y se reflejan juntos en el espejo, como madre e hijo en un anuncio de seguros) y él le dice: «Yo me lo quedaría. Estos lavabos salen muy bien. Además, tiene que saber que el cuarto de baño es el termómetro que mide la temperatura de nobleza de un hogar.» La mujer lo escucha desde el espejo y asiente con seriedad, pero no está segura de haberle entendido.

En el espacio dedicado al mobiliario de oficina, Leif se distrae en los archivadores. Quizá podría comprar uno pequeño, con ruedas. Bajo la mesa de su escritorio no molestaría y podría guardar facturas, recibos, artículos que a veces recorta de los periódicos, ese tipo de papeles. Escoge uno de acero inoxidable y le da un par de vueltas para ver si las ruedas de goma son consistentes. Entonces alguien pronuncia su nombre y cuando se da la vuelta se encuentra cara a cara con Lisa, la de la oficina. Oh, sí, al principio no hay más que risas de sorpresa —perilla, coleta, pendiente— y durante un momento, rodeados de esos muebles tan impersonales, es como si hubieran vuelto al ambiente propicio de la oficina. Luego, precisamente por esa atmósfera, los dos se enfrían y se ponen solemnes. Lisa le presenta a su marido, que esboza una sonrisa apática y le da la mano muerta, por eso Leif le cataloga enseguida como un contrincante fácil de derrotar. Lisa también llama al hijo mayor —el pequeño está con los abuelos—, que tiene cinco años y no hace ningún caso porque compite con otro niño por encaramarse a una silla giratoria. Su padre le regaña sin regañarle. Lisa le explica que están en Ikea porque quieren comprar una mesa de ordenador para el niño; de momento sólo lo utiliza para jugar, pero pronto lo necesitará también para la escuela. Y él, ¿como es que está allí? Quién iba a decirle que se encontrarían en Ikea... Leif se toca el pendiente (un gesto que empieza a ser un tic) y se inventa vaguedades, es decir, buf, nada en concreto, tiene algunas ideas para la casa, como todo el mundo, pero hoy esto está imposible. Sí, cómo es la gente, ¿no? Todos como borregos. A cinco metros de allí, el marido sienta al niño en una mesa de ordenador a su medida, para ver cómo le queda, y llama a Lisa por segunda vez, un poco inquieto. Cuando se despiden hasta el lunes, la voz de ambos tiene un matiz medio desesperado, como si no fueran a verse nunca más.

Pero a veces los pasillos de Ikea se confabulan para parecer un laberinto y al cabo de veinte minutos Lisa y Leif coinciden de nuevo. Esta vez él se ha detenido en una habitación de matrimonio de línea colonial, porque le gusta la funda nórdica que cubre la cama, de un verde tan intenso que le recuerda los documentales sobre la selva amazónica (sin duda un escenario ideal para que Irina desaparezca para siempre jamás, sin duda). Como antes, Lisa se le acerca por detrás y pronuncia su nombre —hoy es un día de *déjà vus* imperfectos—, pero ahora la entonación es más avergonzada. Es por culpa de la admiración, y a Leif, que enseguida se da cuenta, se le contagia la timidez. El marido ha seguido caminando con el niño cogido de la mano, y ahora están los dos solos. «Qué cambio, ¿no? —dice ella señalándole la coleta, y él le pregunta si le gusta—. Sí, sí, te queda muy bien. La coleta y la perilla combinan, diría yo. —Leif se siente tan halagado que no sabe como agradecérselo, y de puros nervios se toca otra vez el pendiente—. ¡Y el pendiente, claro!», exclama ella, y a medio camino reprime el gesto de acariciarle la oreja. Como un adolescente, Leif la mira a los ojos con una expresión embobada y ella se la devuelve. Su mirada tan azul hace juego con la funda nórdica y crea un momento de intimidad. De pronto es como si estuvieran solos en la habitación y una cuarta pared les aislara del mundo. Podrían estar así horas y horas, contemplándose más y más cerca hasta que el beso fuese inevitable —¿te lo imaginas?, que cerraran Ikea y ellos dos se quedaran allí dentro, solos durante el fin de semana—, pero entonces un niño grita «¡Mamá!», y es el hijo de Lisa que viene a buscarla, su padre les espera al final del pasillo. Como antes, la separación tiene lugar en medio de un dramatismo latente.

Para intentar distraerse, Leif se apunta en un papel la referencia de la funda nórdica y se mezcla de nuevo entre la gente. Camina porque sí, y cuando llega a la zona de los sofás y las butacas, la chica del otro día le parece desdibujada, una anécdota. Escoge el único sofá donde no hay nadie sentado, de skay negro, y el Leif tímido se sienta con un ademán de derrota. Pasan cinco minutos y el estómago se le carcome a una velocidad insoportable. Piensa que si sigue así no llegará vivo al lunes. Entonces, cuando ya está a punto de levantarse para marchar, sin tiempo para reaccionar, aparece Lisa de la nada, se sienta a su lado en silencio y le sella la boca con un beso larguísimo. «Me esperan abajo en el aparcamiento mientras yo devuelvo un colador chino defectuoso —le cuenta en una pausa para respirar—, tenemos cinco minutos.» Leif la abraza y ambos se tumban en el sofá sin complejos. Los cinco minutos pasan con una rapidez despótica y cuando finalmente se incorporan, con los labios doloridos, son conscientes de que les rodea un montón de gente. Hay rostros de reproche y rostros de envidia. «Esto ha sido el tráiler —le susurra Lisa en la oreja del pendiente—, el lunes al salir de la oficina tenemos que quedar para ver la película entera», y desaparece con la misma ligereza con que ha venido, como un hechizo. Un clavo saca otro clavo.

Tarde en la tarde, Leif llega a casa eufórico. Está tan emocionado que no sabe lo que hace. Le gustaría llamar al psiquiatra y contárselo todo, es decir, compartir el éxito con él, pero no tiene su teléfono particular. Se muere de ganas de llamar a Lisa, sin duda, pero se da cuenta de que es demasiado arriesgado. Los primeros minutos de amante en la sombra le parecen apasionantes y al mismo tiempo terribles. Se toca el pendiente cincuenta veces. Se quita la cazadora vaquera y al cabo de un segundo, por pura superstición, vuelve a ponérsela. Se prepara un whisky con tres cubitos. Con el vaso en la mano, se pasea por el apartamento e intenta imaginarse que Lisa está con él y que llena cada habitación de vida. Se sienta en el sofá nuevo y busca el mando de la tele. Quiere dejar el whisky encima de la mesita y, tal como le enseñó Irina, busca un papel que haga de posavasos para no dejar huellas en la madera. Coge la libreta de las anotaciones, la abre por una página cualquiera y pone el whisky encima del retrato robot del actor porno. Al instante, con una evidencia que no sabe cómo encajar, se reconoce a sí mismo en esas facciones dibujadas: perilla, coleta, pendiente.

Perro que se lame las heridas

Siempre me ha disgustado la plácida forma de morir que tienen los recuerdos, lo reconozco, pero todavía más la docilidad con que se dejan pescar cuando los necesitamos, con qué afán se revuelven en la red cuando saben que van a empalmar dos cabos cortados del hilo de la memoria. Ahora mismo, por ejemplo, debería abrir la puerta de una roulotte, el pasado verano, y meterme dentro para echar una siesta, dormirme mientras oigo que mi mujer escucha la radio fuera y hojea con desgana el *Cosmopolitan*, o se distrae leyendo una novela de más de 700 páginas, pero una tarde de domingo de muchos años atrás, imprecisa y descolorida, me reclama con insistencia, como un niño nervioso que por fin tiene la respuesta a una pregunta y levanta la mano para que el profesor por favor se fije en él.

Probablemente era una tarde fría de marzo y yo tendría unos once o doce años. A esa edad, después del almuerzo, los domingos se nos ensanchaban prodigiosamente, como un jersey estirajado, y con los amigos del barrio jugábamos en la calle, o en el parque, hasta que empezaba a oscurecer y el primer padre preocupado venía para decirnos que era hora de volver a casa. Entonces nos resultaba difícil encontrar en la penumbra del césped al paracaidista de plástico abandonado un par de horas atrás, o discutíamos por quién había marcado más goles esa tarde, y cuando pedaleábamos hacia casa bajo la luz ambarina de las primeras farolas encendidas, ateridos de frío encima de la bicicleta, sentíamos una especie de melancolía infantil inexplicable y gritábamos para ahuyentarla, como si nos hubiésemos vuelto locos de repente (hace un par de años, dicho sea de paso, reviví esas sensaciones en la cubierta de un ferry encrespado: el mar estaba agitado, el cielo se ensombrecía y dos niños de expresión concentrada intentaban jugar al tenis de mesa, sin poder terminar ningún punto porque el viento les desviaba la pelota a cada momento).

No obstante, si ese domingo quiere ser recordado ahora, es porque las cosas siguieron otro guión ese día. Yo había terminado de comer en un santiamén, como siempre; esperaba impaciente que pasaran los cinco minutos de rigor —mis piernas, bajo la mesa, se balanceaban inquietas— y que mi padre me dejara salir a la calle. Debí observarlo un buen rato, fijamente, o quizá le agoté la paciencia con alguna de mis manías —hacer bolitas con las migas del pan, por ejemplo, o jugar con el tenedor y los cartílagos de un bistec—, porque de repente él lo comprendió y me hizo saber que esa tarde saldríamos todos juntos para ir a la feria. Mi madre añadió que me gustaría mucho, ya lo verás, pero en su voz quise escuchar el temblor de la incredulidad. Quizá por eso, y porque ya sabía hacerme el ofendido, sin decir palabra me levanté de la mesa y me fui a mi habitación. Me tumbé en la cama, lo recuerdo, y pensé en esos niños que se escapaban de casa en las películas del sábado por la tarde, en cómo me parecía a ellos, y todo el rato hasta que mi madre abrió la puerta (sin llamar) y me ordenó que me pusiera los zapatos y me pasara el peine, que enseguida saldríamos, cerré con fuerza los puños pero sin clavarme las uñas, porque en esa época estudiaba guitarra.

Sobra decir que media hora más tarde, cogido de la mano de mi madre, paseaba por la feria enojado y de morros, pero pronto tuve que disimular que me estaba divirtiendo. En el pabellón dedicado a la ganadería, que olía a paja húmeda, un borrego asustadizo se dejó acariciar por mi mano arisca, y poco después, en otro pabellón, mi padre me subió a un tractor altísimo que durante un par de minutos se convirtió en el coche de Fórmula 1 de Emerson Fittipaldi. En un tenderete me compraron una de esas nubes que parecen algodón y son de azúcar, y mientras paseábamos entre sierras mecánicas brillantes, animales huesudos que humeaban y jaulas para conejos niqueladas, fue como si el desánimo se me fundiera en la boca junto con el azúcar. Es probable que en esos momentos ya hubiera dejado de pensar en los amigos del barrio, en la pelota que corría, pero entonces pasamos frente a una caseta donde se concentraba mucha gente y nos paramos. Habían expuesto un televisor en color, de los primeros que habían salido al mercado, y todo el mundo se acercaba a él con respeto, levantando el cuello para poder distinguir algo. Solté la mano de mi madre y me metí por entre las piernas de la gente hasta que llegué delante, y entonces pude ver esos colores vivísimos que salían de la pantalla, el verde eléctrico del césped y las camisetas de los jugadores, de un color tan limpio y definido que parecía que uno pudiera tocarlas, y de repente pensé otra vez en mis amigos, corriendo tras el balón en el parque, y en medio de tanta gente me sentí muy solo. Sin pensar ni un momento en mis padres, salí a codazos de ese gentío y empecé a caminar solo por los callejones de la feria. En la zona de las autocaravanas y las roulottes, una azafata sonriente me cortó el paso y me preguntó si me había perdido, pero yo no le respondí: no sabía lo que me hacía y, sin mirar atrás, la esquivé y seguí caminando. Entonces entré en una roulotte. Al principio ese olor a nuevo me mareó un poco. Es extraño, pero los muebles plegados, la cocina para estrenar y los visillos, todo tan reducido y frágil, como de juguete, me consolaron. No me lo pensé dos veces: cerré la puerta bruscamente y di una vuelta a la llave (fuera, la azafata empezó a golpear suavemente la puerta, creyendo que quería jugar). Después me tumbé en uno de esos sofás que simulaban una cama y con los ojos apretados con fuerza, para parar las lágrimas que ya subían, cerré la boca e intenté aguantar la respiración, a ver si me moría.

No soporto esas historias en que los hechos transcurren siempre según un orden previsto y ensayado, en que los acontecimientos se encadenan con un compás sencillo y hasta bonito, como el movimiento de las lianas que Tarzán encontraba en la selva, de un árbol al otro, y que salidas de la nada, de la oscuridad salvaje, le permitían viajar sin bajar nunca de los árboles ni tocar el suelo. No, no soporto esa sensación de que todos los movimientos han sido calibrados y pactados previamente, o esas novelas en que los personajes parecen teledirigidos y sólo se cuenta aquello que va a canalizar estrictamente su futuro —como si el tren, ya en la vía, no pudiera descarrilar por falta de presupuesto—. Esa butaca vieja y querida que ha visto nacer y morir cuatro generaciones de una familia de banqueros; esa chica que, sin poder evitarlo (¡ja, ja, ja!), vive por azar todos los momentos cruciales de su vida —amores y desengaños, muertes y nacimientos— en un buque casual que siempre cruza el Atlántico; ese cinéfilo sentimental que se enamora de una chica clavada a Kim Novak, tiene un amigo bondadoso como James Stewart y muere accidentalmente a manos de un ladronzuelo que se parece a Peter Lorre. Esa especie de trucos me mortifican; por eso, aunque me muero de ganas, después del niño febril que temblaba de miedo en esa roulotte de feria, un domingo por la tarde de dieciocho años atrás, ahora no puedo abrir la puerta de una roulotte instalada en un cámping y quedarme tan tranquilo.

No puedo porque daría la impresión de que, entre tanto, mi existencia ha sido un puro estancamiento del tiempo, reducido a una lista más o menos larga de roulottes, variaciones de la primera y de la última, y entonces la habitación de la residencia universitaria donde viví durante seis cursos tendría las dimensiones estrechas de una roulotte, y ese sábado de mis dieciséis años me habría ido a la cama por primera vez con una voluntaria de la Cruz Roja que, como yo, pasaba un fin de semana de cada tres en una roulotte en las afueras de la ciudad, esperando la hora de recoger a los adolescentes borrachos que habían destrozado el coche en la primera curva demasiado cerrada que les escupía. O a lo mejor resultaría que un verano, después de fumar hachís y beber vino de un tetrabrik con los colegas, habría acariciado la posibilidad de apuntarme a un curso de circo y poner así la primera piedra para una vida nómada y triste, arrastrando por toda suerte de ciudades industriales unos leones sin dientes, un uniforme descolorido y una roulotte falsamente confortable, con una tapicería pasada de moda en los sofás y adhesivos de esos de las naranjas pegados en las ventanas. O si no me habría convertido en un guardabosques de barba espesa y camisa de cuadros: un anacoreta moderno y místico que viviría solo en la cima de una montaña nevada y pasaría las noches de invierno en una roulotte con la calefacción a todo trapo, descalzo, escuchando una emisora de radio que haría eco y recordando a la última chica de ciudad que se había dejado deslumbrar, durante tres meses (todo un récord), por mi piel astillosa y una mirada azul y transparente como un lago en el cenit del verano.

No, mi vida ha transcurrido por caminos menos extraordinarios, menos fabulosos. Conocí a mi mujer en una discoteca, así de fácil, una noche de sábado que había salido con dos amigos a ligar, y nos casamos al cabo de diez meses (lo teníamos muy claro). Los dos trabajábamos y nos ganábamos la vida más o menos bien. Los fines de semana salíamos con otras parejas como nosotros: cenas en restaurantes un poco caros, alguna obra de teatro musical, carreras populares los domingos por la mañana (seguidas de comidas rústicas en pueblos igualmente rústicos), ese tipo de cosas. Los cuatro primeros años de casados hicimos un viaje en vacaciones: quince días en playas tropicales de arenas blancas; complejos hoteleros con buffet libre; bares exóticos con las sillas de bambú, un loro enjaulado y las canciones de Harry Belafonte. Nos va bien para descansar, comentábamos en el trabajo cuando volvíamos en septiembre: no hacer nada, dormir, tomar el sol, bañarse, leer un libro… Como siempre pasa, con el tiempo nos volvimos más prácticos: llegó un verano en que unos amigos nuevos, una pareja de nuestra misma edad que Irina, mi mujer, había conocido en el gimnasio, nos invitaron a pasar las vacaciones en un cámping de la costa, empacados los cuatro en una tienda de campaña a la que llamaban «apache» con una ampulosidad que daba vergüenza ajena. Aquello fue un pequeño desastre: cinco horas después de llegar, desplegar la tienda como un acordeón e instalar la mesa y las sillas, ya no sabíamos qué decirnos. La semana nos pareció larguísima. Todas las noches —¡todas las noches!—, después de cenar, tomábamos un helado y paseábamos por los puestos de los hippies de la playa. Llevábamos una cámara fotográfica, pero al volver a casa nos dimos cuenta de que sólo habíamos hecho siete u ocho fotos. No las revelamos hasta cinco o seis meses más tarde, después de un fin de semana en la nieve con los amigos de siempre, y esas imágenes de nosotros cuatro en la playa, en bañador y sonriendo a la cámara de forma artificiosa, nos parecieron entonces tan anticuadas, tan horrorosamente dislocadas, que con un gesto fingido de despreocupación las rasgamos y las tiramos a la basura.

A pesar del rechazo cruel que significaba el acto de destruir esas fotos, al fin y al cabo algo quedó de esa semana tediosa en el cámping, porque nos compramos una roulotte y el verano siguiente, y el otro, y el otro, ya sin la pareja del gimnasio, entregamos de nuevo nuestro mes de vacaciones al simulacro social de los cámpings, a la vida en camiseta y a las calles de polvo y los lavabos comunitarios y la petanca —y ahora sí, en este preciso instante, lejos de todo y de todo el mundo, me parece que ya es una buena oportunidad para abrir finalmente la puerta de esa roulotte.

Abrí la puerta de la roulotte y, como todos los días después de comer, entré en ella para echar una siesta. Las dos ventanas estaban abiertas para que corriera un poco el aire, pero el calor de ese agosto era tan espeso y pegajoso que allí dentro te caía encima como una bocanada de leche condensada. Como estaba sudado, me quité la camiseta y me tumbé a lo largo de la cama deshecha. Mientras me llegaba la pasión del sueño y me dormía, aún pude escuchar a mi mujer atareada fuera, y poco después, amplificada por ese eco tan nítido e irreal de los sueños, la voz de la niña de los vecinos: venía para devolver una revista que Irina les había prestado ese mediodía en la playa. Llevábamos casi cuatro semanas practicando la vida de astronauta del interior de una roulotte y era como si, ingrávidos, hubiéramos perdido la noción del tiempo: en el cámping, cuando estás de vacaciones, todos los días nacen y mueren con la misma marca familiar, mellizos uno del otro, y a menudo son los detalles más triviales los que al cabo del tiempo dan un paso adelante y crean el relieve del recuerdo: una canción que alguien silbaba todo el rato en los lavaderos, mientras enjuagaba los platos y los cubiertos, o la mezcla de olores que al atardecer se repartía por las calles del cámping, como en un bazar, o si no la forma erótica de un bañador de colores colgado para que secara al sol, cuyo goteo parecía destilar toda la esencia lúbrica del cuerpo femenino que lo había llevado hacía unos diez minutos.

Un rato más tarde, todavía adormecido, me pareció escuchar que Irina entraba en la roulotte, se ponía su bañador de colores (¡ay, ay!) y salía de nuevo. Debían de ser las cuatro y media porque a esa hora, todas las tardes, iba al curso de aeróbic acuático que daban en la piscina. Se había apuntado al día siguiente de llegar al cámping, entusiasmada con la novedad, y en las primeras clases debió de meterse en el agua con una media sonrisa irónica —estoy seguro, es como si la viera—, porque cuando volvía de la clase, con el pelo mojado y el pareo sobre el bañador definiéndole esa cinturita suya, ardía en deseos de contarme los detalles de esa inmersión en el mal gusto. Me hablaba de la concentración con que algunas mujeres viejas practicaban esa gimnasia rejuvenecedora, casi sin moverse de su sitio, con los bañadores prietos y las piernas blancas coloreadas por cordilleras de varices; me contaba de las espaldas moradas de las nórdicas, tan estiradas que cuando hacían flexiones parecía que iban a estallar, como un moretón.

Con los días, sin embargo, ese ensañamiento disminuyó hasta desaparecer, como si Irina se hubiera dejado llevar y también se hubiera disuelto en esa mediocridad: como si realmente le gustara. Una tarde, tras despertar de la siesta, a escondidas me acerqué a la piscina y pude comprobar con un punto de horror que se encontraba plenamente integrada en el espectáculo. Dentro del agua, en la primera fila, perfeccionaba su cuerpo perfecto al ritmo de esa música estridente y monótona, uno y dos y tres y cuatro, y otra vez, siguiendo los movimientos que le marcaban los dos monitores desde el borde de la piscina, una chica imprecisa y un adonis ultrapreciso que, cuando daba palmadas, la miraba a ella todo el tiempo y le sonreía con unos dientes demasiado blancos.

Oh, no, yo no sospeché nada de nada porque no lo creía posible, de ninguna forma. Yo nunca he instigado las guerras de la fidelidad, eso está claro, y si mis palabras suenan como un reproche, o tienen el matiz histérico de los celos, es porque las escribo ahora y no entonces, es porque ya están muertas y las relleno ahora igual que se rellena un animal disecado: para recordarlo y para exhibirlo. No, entonces el animal tenía la sangre caliente y se movía por su territorio con la confianza que dan los instintos. Esa tarde, cuando Irina volvió del curso de aeróbic en la piscina, yo ya me había levantado de la siesta y me había duchado (en los cámpings todo el mundo se ducha cuatro veces al día, como mínimo). No puedo recordar cómo matamos las horas hasta que empezó a oscurecer, pero es probable que fuera como siempre, jugando una partida de Monopoly, o de Scrabble (y probablemente fingimos que nos peleábamos por si una palabra con demasiadas consonantes salía o no en el diccionario), o quizá bajamos hasta la playa y paseamos un rato por la arena, cerca del mar, cogidos de la mano con esa inercia sencilla aprendida de los anuncios de perfumes... Ya digo que no me acuerdo bien, es como si la claridad del día hubiera velado esas imágenes hasta borrarlas del todo y, en cambio, lo que sucedió después, cuando ya era noche oscura, estuviera expuesto sin pausa a la luz impertinente y cegadora de un flash.

Me veo a mí mismo, confiado, una figura solitaria bajando por las escaleras de piedra que conducían a la playa, cargado con las cañas de pescar. El cámping que habíamos escogido ese verano tenía un inconveniente y una ventaja que a nuestro parecer se equilibraban. El inconveniente era que la vieja autopista de la costa pasaba muy cerca, y aunque quedaba disimulada por una cortina de árboles frondosos, no era difícil que de vez en cuando el rugido de los coches rapidísimos rasgara la calma estival; la ventaja consistía en que el cámping, tan aislado, ofrecía a sus clientes una playa privada, de una placidez de postal («como en las Seychelles», decíamos, pese a no haber estado allí), y al atardecer, cuando ya habían desaparecido los bañistas, se pescaba en el mar como si se tratara de un lago. Muchas noches, después de cenar, cogía los aparejos, una silla plegable, una radio portátil y una lámpara de gas y me instalaba en la orilla. Montaba las cañas y las horas pasaban volando. A ratos me quedaba quieto, pendiente de si los peces se decidían a morder el anzuelo, y a ratos caminaba un poco y hablaba con los otros pescadores con que nos repartíamos la playa, cinco o seis apasionados como yo. Alguna vez (pero no esa noche, esa noche no) Irina venía conmigo y me hacía compañía hasta que, ya cansada, se iba a dormir; entonces yo siempre le preguntaba lo mismo: «¿Qué pescado quieres mañana para comer?, tú pide que yo lo pescaré para ti», y ella se reía y a continuación se perdía en la oscuridad.

Esa noche fatídica, nada más lanzar la primera caña tuve el presentimiento de que sería diferente. El mar estaba más quieto que nunca, pero a cada momento devolvía el sedal, como si no lo quisiera, y yo tenía que enrollarlo una y otra vez pesadamente, hasta que salía del agua hecho un nudo con las algas. Poco a poco todos los puntos de luz de la playa se apagaron, los aficionados a la pesca se marcharon y yo también empecé a recoger las cañas. Entonces la radio encadenó tres o cuatro canciones que a Irina y a mí nos gustaban mucho, y allá abajo, mientras la música sonaba en la arena fría, una vez más pensé en ella: en ese preciso momento era posible que también estuviera escuchando esas canciones, acomodada en la tumbona bajo el toldo de la roulotte, y de repente hubiera levantado los ojos de la novela interminable que estaba leyendo y hubiera pensado en mí. No, no había mirado las estrellas, pero casi. Si hubiera tenido el móvil a mano, la habría llamado para escuchar la música y su voz al mismo tiempo, resonando en la noche, pero no lo llevaba encima —en vacaciones me lo prohibía a mí mismo—, de forma que me di prisa en recoger las cañas y desmontar los anzuelos. Antes de marcharme todavía me acerqué un momento a la orilla para tirar al agua las cabezas de los peces pequeños que ese día no había utilizado, y entonces, como si alguien hubiera puesto en marcha un complot en mi contra (el animal olía la trampa), me fijé en un velero que estaba anclado allí enfrente, en las luces que resplandecían por duplicado, en la cubierta y en el agua, y pensé que nadar hasta allí y volver sería fácil y agradable, un buen plan para completar la noche, e Irina, me dije ingenuamente, también me habría animado a hacerlo.

Me metí en el agua negra y caliente y para no hacer ruido empecé a nadar con el estilo elemental de los perros. En la playa había dejado encendida la lámpara de gas y la radio puesta para que fueran una referencia a la hora de volver, y a medida que me adentraba las canciones me llegaban con un sonido enlatado, cada vez más confuso, que al fin dejé de escuchar. Intentaba nadar con prudencia, lentamente y sin chapotear, y recuerdo que en algún momento me vi a mí mismo como un soldado cruzando un río en la selva, con el agua al cuello, y apreté los dientes en la oscuridad. Cuando llegué al yate, lo bastante cerca para empezar a distinguir figuras en cubierta (si hubiera habido alguna) y excitadísimo por el aire de aventura que tomaba aquello, volví a escuchar música. El sonido salía del barco y se hinchaba como una cúpula, y también como una cúpula caía después a su alrededor, creando en el agua una atmósfera cerrada. Por una cuestión de estricta coherencia, me hubiera gustado que fuese la misma música de la radio, pero no, por supuesto: lo que estaban escuchando en el yate era música clásica, una pieza sentimental y llena de candor, de resonancias venecianas, que, puesta a un volumen altísimo, allí en medio de la nada, producía un efecto insólito, como un disparate de millonario excéntrico.

Sin prisa completé las últimas diez brazadas. Si metía la cabeza bajo el agua, podía escuchar los latidos acelerados de mi corazón con la nitidez de un sónar, y me asustaban, pero cuando salía de nuevo a la superficie esa melodía sentimental me envolvía otra vez con su tono fantasioso y me desinhibía. Llegué a la proa del barco y me agarré a la cuerda para tomar aliento. Mientras nadaba había planeado una excusa inverosímil por si alguien me descubría, pero no fue necesaria: en los dos minutos escasos que pasé haciendo de espía, una eternidad, nadie me oyó ni me vio. Deslizándome arrimado al barco, me acerqué a la popa (de donde provenía la música) y calculé cuál sería el mejor punto para mirar y no ser visto. Me quedé quieto, conté hasta tres y acto seguido, tomando impulso, empecé a sacar la cabeza ayudándome de una escalerilla. A manos de un artista pedante, la escena que presencié entonces podría pasar perfectamente como una alegoría del lujo, y resultaría insoportablemente fría, pero a mí aquello me exaltó de una forma inmediata, sin dobles sentidos, y me arrebató por su sinceridad, ésa es la palabra, por su sencillez y por el aire familiar que, a pesar de todo, desprendía —y por la misma razón, al fin, me desasosegó y me dejó hecho polvo.

En cubierta la luz era escasa, pero las sombras no llegaban a ocultar, en primer término, encima de una mesita de madera de teca, el estallido verde esmeralda de una botella de champán vacía, que reposaba boca abajo en una cubitera (resumiendo el gesto tan obsceno de dejarla en esa posición), o el lustre mate de las conchas de dos docenas de ostras, apiladas en una bandeja de plata, y que junto con esa música parecían diseñadas para componer una naturaleza muerta. Al fondo, dentro de la cabina pero con las puertas abiertas de par en par, a la luz insegura de una hilera de velas, tenía lugar un episodio amoroso. Acostados encima de un lecho de almohadones, como en un harén, un hombre y una mujer de mi edad (calculé después) se entretenían el uno al otro y empezaban a desnudarse. Tan sólo tuve tiempo (o ganas, quizá) de asistir a la liberación de unos cuantos botones y hebillas, a la caída suave y controlada de ropas carísimas, a la visión fugaz de la piel morena y brillante, y todo porque cuando mis ojos se acostumbraron a la penumbra pude distinguir claramente las facciones del chico, su mirada confiada y segura, pero en cambio las de la chica, más protegida y siempre de espaldas, o de lado, se me resistían, y entonces un gesto instintivo de ella, echando hacia atrás su cabello con la palma de la mano, reprodujo uno exactamente igual que mi Irina hacía a menudo en la cama, para mirarme a los ojos, y ya no pude soportarlo. Me di la vuelta y empecé a nadar como un poseído, sin preocuparme de los chapoteos en el agua, y mientras deshacía las brazadas de antes, pensaba en ellos y en nosotros, en nuestras vidas paralelas pero ridículamente descompensadas, y era como si alguien hubiera cogido nuestra roulotte y la hubiera puesto del revés, como un guante, y toda esa existencia incómoda y contorsionista que nosotros soportábamos simulando que nos entusiasmaba, ahora, en los límites de un velero no mucho más grande, brillaba con el signo de la opulencia y de la felicidad, tan auténtica.

Las secuelas de ese episodio que estoy contando son ya incalculables. Si no fuera porque parecería un ridículo llorica (y eso sí que no), diría que es como si cada instante de esos últimos días en el cámping, cada palabra y cada situación, me hubieran inoculado un virus que se ha ido ramificando por dentro a lo largo de esos meses, brotando mucho después con un efecto retroactivo para contaminar todos los rincones de mi fea vida. Aun ahora, cuando ya ha pasado tanto tiempo, no es extraño que de tarde en tarde un nuevo síntoma se manifieste de la forma más idiota. Ayer mismo, por ejemplo, en el supermercado: a alguien se le había reventado un paquete de macarrones en medio del pasillo, y cuando yo pasé con el carro los chafé sin darme cuenta, y ese chasquido seco me transportó al momento de desmontar y recoger las cañas de pescar, y de las cañas (que ya vendí) volví a la playa de noche, y de la playa de noche a la roulotte silenciosa, todo en un microsegundo, como un calambre. Y pensándolo bien, puede que estas mismas palabras que estoy transcribiendo sean también un indicio de que todo aquello no ha muerto en mi interior, al contrario, y el impulso que me lleva a recordarlo —el relleno del animal, como decía antes, el embalsamamiento mutuo— es vanidoso y desesperado porque éste es probablemente el combate que me excita: la desesperación de la pérdida y la vanidad estúpida de sentirme protagonista en la desgracia.

No, yo no quiero parecer un perro que se lame las heridas, como dice mi psiquiatra. Me doy cuenta además de que todo este palique nunca podrá describir el escalofrío terrible, a flor de piel, y el asco que desde ese día siento cada vez que me pongo un bañador mojado, o demasiado húmedo, o incluso unos bóxers que la secadora no apuró del todo. Llegué a la playa arrastrándome como un náufrago. Había nadado todo el tiempo sin mirar atrás, como si huyera de algo, y la boca me escocía de tanta agua salada como había tragado, pero cuando al fin me puse de pie y pisé la arena, me invadió una sensación de triunfo, de misión cumplida. Suspiré como lo habría hecho un James Bond con el peinado intacto y entonces miré de nuevo en dirección al velero. El farol que lo delataba estaba en el mismo punto que antes, pero ahora, aunque el agua estaba más quieta que antes, se balanceaba con una cadencia lúbrica. La imagen de lo que debía de suceder en cubierta me reactivó como si fuera la segunda sacudida de un terremoto, así que me puse la camiseta, me apresuré a coger la radio, la silla, las cañas y la lámpara de gas y salí corriendo hacia la roulotte.

Es difícil revivir los minutos que pasaron hasta que me encontré frente a la roulotte sin la información que después de todo, mientras purgaba el dolor, reuní en un intento de fijar el pasado para que ya no pudiera hacerme daño. Es prácticamente imposible separar de nuevo las partes del rompecabezas, porque eran piezas que no podían encajar de ninguna forma y sólo mi obstinación las hizo casar finalmente (este tipo de metáforas son horrorosas, ya lo sé, pero me ayudan mucho). En el fondo, si ahora intento revivirlo por escrito, debe ser tan sólo para esparcir encima una película de cola transparente y convertirlo en una estampa memorable. Que me pueda reír de ella con mis amigos mientras la contemplamos con una cerveza en la mano. Que pueda hacer bromas sin complejos. Todavía llevo una foto de Irina en la cartera, escondida bajo tarjetas de crédito y carnets vip de clubes, y debería empezar a pensar en romperla o quemarla. Me digo: «Leif, no tienes cojones», y me acongojo. Después me pongo a recordar esa noche y no puedo evitar que los detalles más insignificantes se apropien un sentido que no les corresponde. No era tan tarde, ya lo he dicho antes, pero me veo a mí mismo caminando deprisa y en soledad por las calles del cámping, por ejemplo, y me parecen tristemente vacías y abandonadas, como si una bomba de neutrones hubiera hecho desaparecer a todo el mundo. Hay un triciclo en medio del camino, desamparado. Hay mesas puestas bajo los toldos, incluso con el abrigo hogareño de un hule o con las fichas de dominó de una partida que alguien ha terminado a última hora, bostezando. Hay un colchón de playa que se deshincha lentamente. Se oye el ruido de una cremallera que una mano cierra con decisión. Se ve la luz mortecina de una linterna en el interior de una tienda de campaña (las sombras chinescas en la tela, y las risas), y en todas partes, brotando en cada rincón, se oyen sobre todo los aullidos ahogados del sexo, que en mi cabeza se magnifican.

Yo ya sé que en eso precisamente consiste la vida despreocupada del cámping, que nada es más que una convención, pero ahora me parece que mis pasos se apresuraban no porque me muriera de ganas de contar a mi mujer lo que había visto en el velero, y luego excitarnos juntos como para neutralizarlo, sino porque intuía el desastre desde hacía unos días, lo presentía, y al fin y al cabo lo único que no tenía que sorprenderme es que Irina no estuviese allí sentada en la tumbona y leyendo un libro, o que el interior pareciera demasiado oscuro. Cuando tuve ante mí la roulotte, la contemplé en silencio, a la luz de las farolas del cámping, de pronto tan desvalida y ridícula, y sentí una pena profunda por nosotros dos. No sabría explicarlo mejor, pero era como si toda nuestra existencia estuviera comprimida allí dentro, envasada al vacío, y ya no nos quedara nada más. El canto familiar del mismo grillo de cada noche, que a Irina y a mí nos divertía, en ese momento me hizo percibir el silencio que nos enterraba. A continuación dejé los aparejos de pesca en el suelo, intentando no levantar ruido, y como un perro inquieto me dispuse a rondar alrededor de la roulotte.

Estuve observando la puerta, pero no quise abrirla. Irina había dejado su libro encima de la tumbona vacía, boca abajo por la página que estaba leyendo, y encima de la mesa había un vaso medio lleno de Coca-Cola light. Con un gesto despreocupado, para que todo pareciera muy normal, me bebí la Coca-Cola todavía no desbravada y cerré el libro dejando el punto —un papel lleno de regueros que días atrás había envuelto un helado de nata— en la página que tocaba. Me senté en la tumbona un rato y mirando las estrellas (yo sí, ahora sí) me dejé llevar por el canto del grillo, que poco a poco subía el volumen y ensordecía cualquier otro ruido. Primero quise creer que ese cric-cric constante marcaba los segundos de un reloj, pero no tardó en acompasarse con los latidos de mi corazón, como un marcapasos, y casi diría que fue aquello lo que los aceleró. Cuando ya parecía que me iba a estallar el corazón, me concentré en la puerta de la roulotte, como si pudiera traspasarla con la mirada, y poco a poco volvió a mí el recuerdo del velero en la playa, la cadencia del movimiento suave, y en ese instante en mi cabeza el canto del grillo ya era un émbolo que va y viene y se desliza dentro y fuera, como una máquina bien engrasada (la piel bruñida y deslizante de tanta protección solar). Ya no podía aguantarlo más. Me levanté de golpe y fui hacia la parte posterior, y entonces, por fin, cagado de miedo, conté hasta tres y miré por la ventana, la que quedaba justo encima de nuestra cama minúscula.

Intentaré describirlo en cinco líneas porque no quiero dar pena. Yo ya sabía que la roulotte estaba a oscuras, sí, y al fin y al cabo en ello confiaba, pero es increíble el resplandor que crean los números fosforescentes del microondas, nunca me había dado cuenta. Tras la ventana, el fulgor verde del reloj iluminaba una escena sexual, una escena que, entre sombras, primero me fue difícil comprender y después me pareció anormal y rebuscada, de videojuego porno si es que eso existe. Puedo imaginármela muy bien en el escenario de un cabaret japonés en el barrio caliente de Tokio, lubricada por las miradas de gelatina de un enjambre de viciosos, y si tuviera un talante irónico diría que mi Irina la interpretaba espléndidamente. Ella y el monitor de aeróbic —llamémosle así porque tampoco quiero hacer sangre— se habían enroscado como en un ejercicio de contorsionistas, brazos y piernas y piel morena todo mezclado, dientes blancos de flúor, y en medio de aquel amasijo de carne sudada se desplegaron en el aire las piernas de mi mujer, largas y esbeltas, mentoladas, y me pareció que dibujaban el signo de la victoria. Allí dentro hacía tanto calor que el cristal de la ventana se estaba empañando. Como el lugar era estrecho, debieron de acurrucarse y entonces me quedaron fuera de cuadro, de forma que ahora sólo veía el final de las piernas de ella, levantadas, con esos pies que yo había besado. Él debió de cabalgarla lentamente, con un ritmo estudiado y muy profesional (ya se me entiende), porque al cabo de unos minutos uno de los pies de Irina se apostó en la ventana, ante mis ojos, y pude ver cómo sus dedos se abrían más y más, separándose más y más, y al fin de repente se contrajeron, como si alguien los hubiera electrocutado y se murieran, y las uñas esmaltadas brillaron un segundo con un estallido verde, de puta barata.

Soy un cobarde y salí corriendo de allí. En esos cinco dedos que el placer abría como plástico que se derrite, ahora encuentro, absurdamente, la señal que estaba esperando, porque de repente me pareció que durante esos nueve o diez segundos de éxtasis el yate en la playa y mi roulotte estaban conectados cósmicamente, y que de alguna forma acababa de espiar la escena que había empezado allí abajo, en el agua. Aunque a ellos dos no podía verles, me imaginaba perfectamente el gesto de Irina apartándose el pelo de la cara (me lo sé de memoria), sus labios resoplando rítmicamente y sonriendo con esa complicidad viciosa, mientras también jadeaba, y en su aeróbic sexual (la optimización de los centros de placer, tal como aconsejaba una de esas revistas que leía ella) había un virtuosismo que yo nunca había ni siquiera vislumbrado. Lo repetiré: si en esta reconstrucción morbosa hubiera espacio para la ironía, me atrevería a decir que todos esos años con ella habían sido tan sólo una larga preparación para el momento glorioso. Como si, de alguna forma, en ese drama a mí me tocara el papel del entrenador de pueblo que entiende que su pupilo, finalmente, vuela más alto, tiene objetivos más lejanos, y cuando llega el día señalado, con una modestia estudiada y los ojos vidriosos, da un paso atrás y se escabulle por una puerta lateral, en silencio pero ahogando ya un resentimiento inconcreto.

Salí corriendo de allí, digo, y no es del todo cierto. Sí es cierto que corrí algunos metros para alejarme de la roulotte, pero enseguida me paré de nuevo, resoplando. Durante una décima de segundo dudé si volver sobre mis pasos, abrir esa puerta y entrar de nuevo en escena —las caras verdosas mirándome con estupefacción, las palabras tartamudeadas con sorpresa—, pero yo soy un cagado, ya lo he dicho antes, no me gustan los dramas, y además no tengo ni media hostia. De forma que seguí caminando sin pensar, desorientado en el laberinto de calles del cámping, y lo siento por los detallistas y los aficionados a la necrofilia, pero no soy capaz de recordar qué rondaba en mi cabeza entonces. Mi caja negra no ha guardado la más mínima información de esos minutos, nada de venganzas orquestadas a sangre caliente ni ataques de nervios calmados por un desconocido («¡Déjenme pasar, soy médico!»), pero a cambio tengo grabada en la memoria una perla preciosa que ofrezco a continuación, gentileza de la casa.

Después de vagar un rato como un alma en pena por las calles polvorientas, sin rumbo, fui a parar a un extremo del cámping, el más cercano a la autopista. Como era la zona que se encontraba más lejos de la playa, había pocas tiendas y roulottes y de golpe me sentí demasiado solo. Cometí el error de entrar en los lavabos comunitarios de esa zona, que dos fluorescentes con parkinson y las frías baldosas blancas convertían en una sala de autopsias, y me refresqué la cara con agua. Me miré de reojo en el espejo y descubrí un Leif demacrado y cadavérico, con aspecto de perro apaleado. Entonces, tras la puerta de uno de los váteres, como para dar relieve a esa visión nocturna, alguien bostezó sonoramente, con un aullido prolongado que parecía salir de mi boca cerrada, y después ese alguien rasgó un trozo de papel higiénico. Esas familiaridades del cámping siempre me derrotaban, pero entonces la situación me cayó encima con todo el peso del escarnio (y eso sí que no), de forma que me marché de allí escopeteado, dejando atrás una pila llena de pelos rizados, con forma de interrogante, un grifo que probablemente goteaba día y noche sin descanso, y un espejo deforme y cruel.

En el exterior, al otro lado de la valla, los coches que corrían por la autopista vieja rasgaban el silencio nocturno, y aquello me atrajo como un imán. Seguí la hilera de matorrales que ocultaban la alambrada hasta que encontré un punto donde alguien —unos niños traviesos, o una banda de ladrones peruanos— la había cortado y había abierto un agujero. La traspasé y ya estaba en la autopista. Por la noche, cuando pasaban pocos coches y sólo lo iluminaba la luna, el asfalto negro y caliente no tenía fin y era acogedor, casi como el mar donde hacía unas horas había nadado. Durante un segundo estuve a punto de tumbarme en mitad de la autopista, haciendo el muerto, y esperar. O no, quizá mejor caminar algunos kilómetros por la cuneta, como esos perros que van perdidos siguiendo el rastro de la gasolina, después de que sus dueños caprichosos y cabrones los hayan abandonado en el área de servicio, caminar hasta que el cansancio me despistara y me lanzara extenuado bajo las ruedas de uno de esos tanques que conducen los turistas alemanes, que ni siquiera se inmutarían con la sacudida. Entonces, un ruido nació en la lejanía y comprendí que por fin se acercaba un coche. Un escalofrío me paralizó. Poco a poco se formaron a lo lejos los faros del coche, que brillaban como diamantes en la noche, hipnóticos, cada vez con más intensidad. Los miré fijamente, sin moverme, y al pasar a mi lado me envolvió una ráfaga de aire y polvo que me hizo cerrar los ojos. Cuando los abrí de nuevo, llorosos, ya sólo quedaban esos dos puntitos rojos que se hundían en la noche, y viéndolos desaparecer imaginé quiénes eran las personas que iban en ese coche. Una pareja que volvía de cenar en el chalet de unos amigos junto a la playa: él conducía con una densa neblina de whisky en el cerebro y no podía quitarse de la cabeza los pechos de la anfitriona, tan siliconados y llenos que le deformaban increíblemente el vestido; a su lado, su mujer, que tenía una mano cálida en su muslo, criticaba el ajardinamiento nuevo de la piscina de sus amigos y al mismo tiempo pensaba que esa caldereta de langosta debía de ser afrodisíaca, porque ahora tenía ganas de sexo. Lo formulaba así, de esa forma neutra, ganas de sexo.

Con esos pensamientos en la cabeza me miré de arriba abajo, y daba pena, lo reconozco. Examiné mis chancletas compradas en el supermercado del cámping, con ese dibujo de un ancla azul que ha quedado grabado en mi memoria, las piernas delgadas y los regueros de agua en el polvo, el bañador húmedo, y comprendí al instante con qué inconsciencia esa pareja se estaba alejando de un desgraciado que en la autopista había estado a un paso de matarse. Borracho de una alada sensación de victoria (alada y mezquina), me sentí con suficiente valor para volver por fin a la roulotte y abrir esa puerta que escondía tantos secretos, pasara lo que pasara.

Pero no pasó nada, por supuesto, y ahora que lo recuerdo veo claramente que ese heroísmo de última hora era falso y calculado: con mis decisiones había dejado suficiente tiempo para que Irina y el otro concluyeran. Así, en vez de contar que cuando llegué a la escena del adulterio mi mujer estaba de nuevo sentada en la tumbona, con el libro abierto en el regazo, o que en el interior de la roulotte el aire enrarecido se había evaporado gracias a las ventanas estratégicamente abiertas, sería más adecuado revivir una imagen que mi cerebro registró de paso, por el rabillo del ojo, y que sin embargo reclama un protagonismo inmerecido, como esos extras de las películas que no pueden evitar la tentación de mirar a cámara cuando van por la calle. Justo después de abandonar la autopista, cuando deshacía los caminos del camping, me llamó la atención otra roulotte solitaria y oscura, con visillos anticuados en las ventanas y una bombona de butano en el exterior; sólo un detalle la hacía a mis ojos aún más desangelada que la nuestra: inútil, abandonada, se mantenía de pie allí enfrente sin ningún coche que la acompañara, y hoy en día sigo jugando con la idea de que dentro de esas cuatro paredes de lata, asquerosas y oxidadas, se pudrían hasta la náusea los veranos de nuestro querido monitor de aeróbic.

Unos días antes, por suerte o por desgracia, Irina y yo habíamos planeado que al día siguiente volveríamos a casa. Nunca lo sabré, pero a veces de repente me sudan las sienes y me descubro elucubrando si esa noche fue tan sólo la punta del iceberg, los fuegos artificiales que coronaban una serie de encuentros cada vez más atrevidos, y hacerlo en mis narices, en nuestra cama minúscula, quizá era para ellos la quintaesencia del placer. Nunca sabré, tampoco, si al día siguiente yo actué de forma demasiado visceral, si habría sido mejor buscar el momento adecuado para mirar a Irina a los ojos y pedirle que habláramos, con serenidad, tal como recomiendan los horóscopos de los suplementos dominicales: entonces puede que ella se hubiera echado a llorar, deshecha, y hubiéramos terminado escribiendo el prólogo de eso que mi psiquiatra define como un período de confianza. Puede que incluso hubiéramos pensado en buscar una criatura, no lo sé.
Simplemente, cuando llegué a la roulotte ella ya estaba fuera, sola, con un vaso de Coca-Cola light sobre la mesa y leyendo la novela de 700 páginas (que no terminó nunca, pondría la mano en el fuego). La observé en silencio durante unos segundos, esperando absurdamente que, mientras leía, sus facciones dibujaran algún rastro de ansia, o incluso el eco

de un orgasmo todavía caliente, y acto seguido me acerqué a ella pronunciando su nombre con una entonación demasiado teatral. Apenas levantó la vista del libro y me dio un beso mecánico, sin molestarse en comprobar ni por un segundo si en mi rostro pálido se dibujaba la desconfianza; señalando las cañas de pescar con un gesto habitual, me preguntó dónde había estado todo ese tiempo. Yo me apresuré a contarle la historia del yate, con todo tipo de detalles y procacidades exageradas (¡como si fuera yo quien tuviera que prever una coartada!), y ahora me doy cuenta de que si hubiera tenido un poco de mala leche, habría podido llenar mi aventura acuática con imágenes robadas de la roulotte —dientes demasiado blancos, músculos que se doblan como si fuesen de goma, labios que resoplan como la válvula de una olla a presión—, y así quizá hubiera nacido alguna grieta en la seguridad de Irina. Sin embargo, me traicionó la buena fe. A medida que narraba lo que había ocurrido en la playa, acaso con una pasión desmesurada (porque revivía el momento en que yo también había querido disfrutar), me di cuenta de que los hechos perdían el punto de misterio y exotismo, que ya no me excitaban como unas horas antes, en ese instante ya no, y en cambio tomaban un aire de travesura infantil —o peor, adolescente— que no divertía para nada a la Irina adúltera. Me escuchó sin decir nada, esbozando una media sonrisa compasiva, pero cuando terminé, bastó una mirada suya cargada de censura para que yo comprendiera que ella ya veía las cosas desde el otro lado, que ya jugaba en otra liga, y la única forma que se me ocurrió de cortar aquello fue dejando caer los brazos para evidenciar que estaba cansado, también con afectación teatral, y a continuación, con un hilillo de voz, desearle buenas noches mientras entraba en la roulotte.

Dos minutos después, a oscuras, los números fosforescentes del microondas también teñían para mí el interior de ese verde menta traicionero, mis manos palpaban en si-

95

lencio las almohadas y el cubrecama, buscando la humedad de alguna mancha delatora (pero no), y poco a poco el sueño dominó esa desazón frenética. La última impresión que guardo de ese día tiene que ver con el cristal oscuro de la ventana que había sobre la cama, y que yo había cerrado de nuevo: mientras mis párpados se cerraban, aún podía entrever la sombra de mí mismo, un par de horas atrás, una figura temblorosa y etérea.

Al día siguiente hizo mucho calor. Dentro de la roulotte el bochorno era insoportable, y como me desperté temprano —en sueños las sábanas empapadas me daban arcadas—, me puse el bañador (ligeramente húmedo) y bajé hasta la playa para nadar un rato, por última vez ese verano. El velero aún estaba allí enfrente, quietísimo, y parecía anclado mucho más adentro que la noche anterior. Me di cuenta del esfuerzo que había tenido que realizar para nadar hasta allí y durante unos segundos fantaseé con la posibilidad de volver a visitar a la pareja lúbrica, pero la nueva Irina no me hubiera animado a hacerlo y lo dejé correr. Ése fue, pienso ahora, mi penúltimo acto de fidelidad hacia ella.

El mar estaba calmado y di unas cuantas brazadas más. Me tumbé un rato a tomar el sol, hasta que se secara el bañador, y después me despedí de la playa. Cuando llegué a la roulotte, Irina no estaba. Engañé mis intuiciones con la actividad y empecé a guardar las cañas y los aparejos de pesca en el portaequipajes del coche. Dentro de la roulotte encontré las maletas ya hechas y también las cargué. Al cabo de cinco minutos llegó ella. Llevaba unas gafas de sol y el vestido de playa porque tenía miedo de pasar calor en la autopista, y me contó que había ido a echar las postales en el buzón del cámping. Todos los años las comprábamos uno de los primeros días, entusiasmados por la novedad, pero luego nos olvidábamos de enviarlas hasta el último momento. Había mandado cinco, a cinco parejas de amigos, y con entonación aburrida me contó que había escrito lo de siempre: que nos divertíamos mucho, que yo pescaba peces y algún pulpo, que lástima que las vacaciones fuesen tan cortas, ahora que ya nos estábamos acostumbrando y etcétera. Dos meses después, cuando ya vivía solo, dediqué una tarde de domingo lluviosa y especialmente larga a atormentarme realizando una encuesta: llamé a las cinco parejas de amigos y todos me confirmaron que nunca habían recibido postal alguna. La frialdad maquinal de la línea telefónica hacía que mis preguntas sonaran desesperadas.

Teníamos que ir con cuidado para compensar los pesos entre el portaequipajes del coche y la roulotte, y poco a poco todo encontró su sitio adecuado. Una vez más me admiró con qué facilidad nuestra vida durante esas cuatro semanas podía entrar en tan poco espacio. Mientras Irina se acercaba a conserjería para liquidar la cuenta, yo enganché la roulotte al coche y maniobré con cuidado. Al embocar nuestra calle para salir del cámping, a través del retrovisor eché un vistazo al espacio vacío que dejábamos. Se trataba sólo de unos cuantos metros cuadrados de tierra sucia, una habitación sin paredes entre árboles protectores, pero de lejos me dio la impresión de que esa tierra removida delataba la tumba de algo enterrado. Recogí a Irina en la salida del cámping y nos fuimos sin más.

No hicimos ninguna alusión a las vacaciones. Nada de echaré de menos las tardes de aeróbic en la piscina, nada de competiciones de petanca que siempre ganan los franceses. Al cabo de diez minutos ya estábamos en la autopista, y cuando pasamos por delante del cámping seguí la alambrada oculta por los matorrales y, unos metros más allá, las cicatrices imaginarias de los frenazos en el asfalto. Una vez más adiviné allí detrás la roulotte del otro, y sonreí para mis adentros. Irina, que no se había quitado en ningún momento las gafas de sol, disfrazó nuestro silencio buscando música en la radio y leyendo la novela (aunque diría que no pasaba las páginas). De vez en cuando levantaba los ojos del papel, miraba unos segundos a lo lejos y volvía a la lectura. Al cabo de un par de horas de viaje observó de nuevo la autopista y vio la señal que anunciaba un área de servicio, a cinco kilómetros. Con desgana me preguntó si podíamos pararnos, por favor. Todavía quedaba gasolina en el depósito, pero yo también quería refrescarme, tenía la espalda empapada de sudor y la cabeza estaba a punto de estallarme, así que sin mediar palabra tomé el desvío señalado.

Aparcamos en la zona reservada a las roulottes y autocaravanas. Entonces Irina me pidió que comprara un botellín de agua y anunció que iba a tumbarse un rato en la cama, esa noche no había pegado ojo. «Te has movido mucho» fueron las últimas palabras que me dirigió. Fui hasta el bar y pedí un café y un helado de limón. Me los tomé a la vez, ora un sorbo de café ora un poco de helado, por miedo a que me diera ardor de estómago y porque la mezcla de frío y caliente, de ácido y amargo, me confortaba. Pasaron veinte minutos, que dediqué a menospreciar interiormente el mal gusto de los turistas, y después volví al coche sin el botellín de agua. Abrí la puerta de la roulotte y comprobé que Irina estaba durmiendo. Se había quitado las gafas de sol y tenía los ojos hinchados de haber llorado. Cerré la puerta con llave y a continuación, intentando no hacer ruido ni movimientos bruscos, desenganché el coche de la roulotte. Después me fui sin ella.

Cuando estuve de nuevo en la autopista, por la ventana abierta de su lado tiré la llave de la roulotte y la novela de 700 páginas que estaba leyendo. El aire entraba por la ventana y me di cuenta de que, sin el remolque, el coche iba más ligero. Aceleré para comprobarlo. Busqué una emisora donde diesen noticias. Bandas de peruanos asaltaban las áreas de servicio.

No estamos solos

Una mujer de unos sesenta años y su marido, un poco mayor y con aspecto de castigado por la vida, están sentados en un banco de madera recubierto de almohadones floreados. Se encuentran bajo el porche también de madera de una casa solitaria y contemplan un paisaje de prados verdes y árboles de tonos dorados, rojizos y ocres. La cámara se centra unos segundos en el cielo púrpura de este atardecer de finales de septiembre y luego baja de nuevo hasta la pareja. Al pie de la pantalla aparecen sobreimpresionados sus nombres y el lugar donde se encuentran: Chatham, Nueva York. Cuando habla, el hombre abre mucho los ojos, como asustado, y probablemente las pupilas se le dilatan. Sentada a su lado, su mujer corrobora todo lo que él cuenta con un movimiento robótico de la cabeza.

—Sucedió hace menos de un año, en invierno —dice el hombre irguiendo la espalda—, el dieciséis de diciembre para ser más exactos, y todos estos prados que veis aquí enfrente estaban nevados. En esta zona tenemos nieve tres meses al año. Habíamos acabado de cenar y escuchábamos la radio cuando oímos ese ruido ensordecedor, como un cortacésped pasado de revoluciones, y al cabo de un momento el resplandor blanco entró por la ventana del salón.

—Como si la nieve fuera fluorescente —le interrumpe ella con un tono demasiado teatral.

—Exacto. Nos acercamos a la ventana y quedamos deslumbrados. A continuación, sin pensar nada ni temer nada, salimos al exterior y empezamos a caminar hacia el centro de ese fulgor. Íbamos en zapatillas, ¿verdad? —ella asiente—, pero la nieve que nos empapaba los pies era caliente, y sentíamos que ese calor nos subía por las piernas y nos adormecía. —Hace una pausa—. Luego ya no recordamos nada más, ¿verdad que no?, y nos despertamos a la mañana siguiente en nuestra cama, como un día cualquiera.

La voz en off cuenta después que el matrimonio de Chatham, Nueva York, sin duda acaba de describir una abducción por parte de extraterrestres, muy habituales en esa zona cercana a las montañas Catskills, y ahora la pantalla está ocupada por una foto borrosa y de tonos beis, hecha al día siguiente, donde se adivinan encima de la nieve las huellas que dejó la nave espacial. A continuación la imagen vuelve a la pareja del porche, que ya no habla más. Dos segundos de silencio, para reflexionar, y la cámara descubre en un travelling el jardín con la bandera de Estados Unidos que ondea y, más allá, colgado de un árbol de ramas nudosas, un columpio hecho con una cuerda y un neumático que se balancea suavemente, recortándose contra el cielo encendido.

Este viernes Bàrbara y Helmut han invitado a unos amigos a cenar en su casa. La primavera acaba de llegar y en noches como la de hoy, tan serena, es agradable salir a la terraza y dejarse acariciar por el aire húmedo y salado que llega del mar. Helmut y Estanis, que se conocen porque sus mujeres son amigas de cuando estudiaban en la universidad, fuman y beben la primera copa de vino tinto de la noche mientras contemplan los otros edificios de la

Villa Olímpica que les rodean, las ventanas iluminadas, los jardines bien cuidados, el verde reciente de los árboles de la calle. Perfeccionando esa imagen de Barcelona, del salón les llega la música de Stan Getz y Astrud Gilberto. Desde hace unos meses, Helmut se ha cansado de los discos compactos y vuelve a escuchar las grabaciones en vinilo. El pasado sábado compró un tocadiscos nuevo, de alta tecnología, y desde entonces está redescubriendo su vieja colección de discos. Las carátulas, por ejemplo, en el formato vinilo son mucho más atractivas, más artísticas, y la música suena más natural, ¿verdad?, menos fría. Al entrar de nuevo, Estanis coge el disco de tonalidades verdes y amarillas y piensa que este Helmut es un pedante. Después se fija en que el título de algunas canciones, pocas, está marcado con una pequeña cruz al lado, y le pregunta por qué.

—Son las que más me gustaban años atrás —responde Helmut—. Como soy una persona maniática, al principio las escuchaba todo el día sin parar.

Eso no es del todo cierto. Él sabe que a veces también marcaba las que iban bien para crear ambiente íntimo, cuando vivía solo e invitaba a alguna chica a su piso de soltero. Los ritmos sensuales de la bossa nova nunca fallaban. Helmut le pide a Estanis que le diga el nombre de alguna canción con crucecita y la escucharán. Suena *Desafinado* y enseguida los dos reconocen esa melodía. Mueven la cabeza en silencio, siguiendo vagamente el ritmo, y dan largas caladas a sus cigarrillos.

La música llega muy filtrada a la cocina, como si los dos hombres la absorbieran del todo. Bàrbara espera a que el pollo *masala* esté lo bastante dorado para sacarlo del horno y entre tanto conversa con Tera. También beben vino tinto y se ponen al día de amigas que no han visto desde hace meses. Mientras hablan, Tera se fija en los imanes que están en la nevera y se da cuenta de que entre los papeles que sujetan —ofertas de pizzas a domicilio, postales, listas del supermercado— está la felicitación que ella y Estanis les mandaron en Navidad. Delante se ve la imagen de un bebé, con los ojos cerrados y una expresión ligeramente risueña: es el hijo de Tera y Estanis, que entonces no tenía más de cuatro meses de vida.

—Pero ¡mira quién está aquí! ¡Si es mi angelito, que os alegra la cocina!

Bàrbara se da la vuelta, mira la foto y sonríe mientras con un guante térmico quita el polvo que debe de haber en la superficie y parece acariciar al bebé. Después echa otra ojeada al pollo.

—¡Ha cambiado tanto! —sigue Tera—. Deberías verle ahora, con ocho meses ya son toda una personita. Si llego a saberlo, te traigo una foto nueva que le sacó mi hermano el otro día, para que también la cuelgues.

—¿Y por qué no? —dice Bàrbara dándole la espalda. Aunque todavía le faltan un par de minutos, decide que ya va a sacar el pollo del horno. De repente el olor especiado y un poco agrio del *masala* hace más denso el microclima de la cocina y ahoga el rastro de la música. Las dos chicas respiran hondo, hinchando los pulmones con ese aroma fuerte y extraño, y se sienten cosmopolitas.

Bàrbara y Helmut tumbados en la cama, unas horas después. Hace un rato han terminado de arreglar la cocina porque se decían que mañana por la mañana les daría más pereza, pero con el lastre del vino y los licores que han bebido durante la cena y la sobremesa ahora están realmente agotados. Por dentro, los dos intentan convencerse de que deberían hacer el amor, como un fin de fiesta obligado, pero no tienen la fuerza suficiente para empezar. Mientras lo van aplazando mentalmente, apagan la luz y entre susurros hablan de la cena.

La cena ha estado muy bien, el pollo *masala* y el arroz *basmati* estaban deliciosos, y no hubo silencios en la mesa (Bàrbara odia los silencios espesos e inequívocos porque la hacen sentir imbécil). Se puede decir que la conversación ha sido fluida todo el tiempo, que han saltado de un tema al otro con naturalidad, e incluso Estanis, que a veces es tan pesado con su afición a imitar famosos y contar chistes, esta noche ha estado comedido. Han hablado de la reencarnación, de los ciclistas que salen el domingo por la mañana, de los viajes que planean para este verano y, finalmente, durante los postres y licores, de la estrambótica separación de unos amigos comunes. Sólo ha habido una cosa, piensa Helmut en la cama, que le ha sacado de quicio: las llamadas por teléfono.

Hoy era la primera vez que Tera y Estanis dejaban la criatura con una canguro (la hija de una señora que limpia el estudio de diseño de Tera, según les ha contado) y han sufrido toda la noche. Cada media hora, más o menos, uno de los dos interrumpía la conversación para llamar a su casa y preguntar si todo iba bien. Eso sin contar que han comido con el móvil encima de la mesa por si acaso, como si estuvieran en un restaurante. La primera vez que han preguntado si podían llamar a su casa, porque la angustia les consumía a ambos, hubo miradas recriminatorias entre Bàrbara y Helmut, miradas de complicidad en la censura, pero las otras veces Bàrbara ha evitado claramente los ojos de Helmut. Por esa razón él saca ahora el tema.

—Lo único que me ha cabreado en la cena ha sido la tontería esa de las llamadas —dice Helmut—. Llamadas una y otra vez, todo el tiempo, con esa vocecita compungida... Parecía que desearan recibir malas noticias.

—Es normal —responde Bàrbara sin una pizca de hostilidad—, era la primera vez que salían, tienes que comprenderlo. Tú harías lo mismo.

Helmut está callado. De alguna forma esperaba esa respuesta, la temía, y ahora se maldice a sí mismo en silencio por haberla provocado, porque adivina que tan sólo deja a la vista la punta de un iceberg. Como para cambiar de tema, da un beso a Bàrbara y empieza a acariciarla. Ella lo recibe con ganas incipientes y enseguida hacen el amor. El sexo consigue disipar unos nubarrones que apuntaban en el horizonte, pero a cambio les invade a los dos una sensación inquietante. Por cuanto sabemos, Helmut se la formula así: es como si los dos fuesen en barca, remando por un río tranquilo, y todo el rato escucharan a lo lejos el rumor de un salto de agua peligroso.

El trabajo de Helmut. Helmut fue hasta los veinticinco años uno de esos eternos adolescentes, enganchados a los cómics de superhéroes espaciales, camisetas con mensajes apocalípticos, sesiones de espiritismo con ataques de risa y una educación sentimental que se refugiaba en los superpoderes milagrosos para digerir los fracasos. A Helmut le fue difícil dudar de esa visión lisérgica del mundo que se adaptaba a su cuerpo como una segunda piel, pero gracias a las chifladuras de esos años ahora trabaja como guionista para documentales de ciencia-ficción.

Documentales de ciencia-ficción, sí: el sentido de la paradoja queda desvelado a inicios de cada trimestre, cuando una productora norteamericana que tiene un agente en Barcelona le manda un sobre con cerca de veinte fotos de personas. La mayoría son actores y actrices de tercera fila, un elenco de figurantes que no se resignan a aparcar su vocación. Viejos que interpretan al padre de Hamlet en teatros de pueblo al aire libre. Divorciadas que buscan una alternativa a las terapias de grupo. Jóvenes con aspiraciones que sobreactúan para llamar la atención. Secundarios infatuados porque una vez, veinte años atrás, sirvieron un whisky a Larry Hagman o abrieron la puerta del coche de Farrah Fawcett-Majors.

Helmut observa a esa gente de los retratos y con cierta piedad natural intenta imaginar la vida que llevan al otro lado de la cámara, como si no fueran actores. Le parece un trabajo apasionante. Coge las fotos y las pone una al lado de la otra encima de la mesa de su despacho, junto al ordenador y un mapa de Estados Unidos, y luego las empareja: un matrimonio de maestros de pueblo que hace quince años que están casados, en Wisconsin; tres amigos de Vermont que salen a cazar los fines de semana de invierno; dos jóvenes enamorados que se besan a la luz de la luna, junto al lago Michigan, y sueñan que un día vivirán en la gran ciudad. Tópicos, tópicos, tópicos, pero ¡con qué ductilidad se ajustan a la vida real, todos esos caracteres, con qué sencillez acaban siendo tan creíbles que uno podría encontrarse con ellos en la cola del súper!

Puede decirse que Helmut convive con esas caras a lo largo de tres meses, como parásitos necesarios, y cuando ya conoce a todos lo suficiente, hasta darles un nombre y un trabajo y una casa, les convierte en protagonistas de fenómenos extraordinarios: ovnis que son vistos por una multitud de personas, abducciones que tienen lugar de madrugada, ex investigadores de la Nasa que ensayan complicadas explicaciones científicas, descripciones de marcianos de dos metros y aspecto cordial, prodigios meteorológicos nacidos en el más allá, aficionados que descubren rastros de vida inteligente en monumentos del neolítico, zonas inexploradas que se asemejan sospechosamente al Triángulo de las Bermudas... Todo un catálogo de enigmas que, acompañados de una música misteriosa y una voz en off profunda, cargan de emoción esas vidas bidimensionales.

• • •

105

Es sábado por la mañana y Bàrbara ha acompañado a su madre a comprar cortinas nuevas para el apartamento que tienen en la playa. Entre tanto, Helmut aprovecha para reunirse con un amigo en su tienda de cómics preferida. El amigo escribe cuentos, tiene más de treinta, pero todavía no ha encontrado editor, y Helmut, que los ha leído, no se cansa de repetirle que escriba aventuras fantásticas, que son su mundo, y se deje de aburridas historias urbanas. Como siempre, el encuentro entre ambos está tocado por un aire furtivo porque el amigo y Bàrbara no tienen una buena sintonía. El amigo es un vestigio del pasado adolescente de Helmut, como una versión no corregida, y eso horroriza a Bàrbara: ve al amigo y ve a Helmut antes de que la conociera.

Mientras camina en dirección a la tienda, Helmut recuerda las palabras de ayer por la noche, en la cama, y el silencio que las cubrió mientras ambos se dormían. Hacía tiempo que no escuchaba con tanta nitidez el murmullo amenazador de ese salto de agua y se flagela metafóricamente porque fue él quien desenterró la cuestión; treinta pasos después, sin embargo, se convence de que no tiene por qué preocuparse: las cosas están claras y esos pequeños movimientos sísmicos son tan inofensivos que, mirándolo bien, incluso pueden resultar divertidos.

Los movimientos sísmicos. Con una puntualidad suiza, la alarma del reloj biológico de Bàrbara saltó seis años atrás, cuando ella y Helmut ya llevaban diez meses viviendo juntos. Como ayer por la noche, todo sucedió entre sábanas, después de la fiesta sorpresa de cumpleaños que ella le preparó. De repente, en mitad de un diálogo lleno de vaguedades y frases sin terminar, ella relacionó los treinta años recién cumplidos con la edad adulta, y de ahí saltó a la maternidad. Entonces una sirena aguda y molesta como el llanto desconsolado de un recién nacido se activó en el cerebro de Helmut, e instintivamente le removió el cóctel de alcohol que le corría por la sangre: amparándose en una borrachera exagerada, pretendió que no había escuchado nada y roncó como en las películas. Años atrás, el adolescente habría simulado que se convertía en el hombre invisible; ahora el recurso no era mucho más sofisticado. Ni efectivo, porque a la mañana siguiente a la hora del desayuno, cuando se prefieren las charlas insustanciales, Bàrbara volvió a sacar el tema, aún más directamente. Abriéndose paso entre la neblina de la resaca, Helmut tuvo que echar mano del kit de supervivencia, un maletín donde se mezclaban en desorden un amasijo de conceptos filosóficos de primer curso, clichés sobre el compromiso y el egoísmo y frases evasivas del estilo de «ya hablaremos en otra ocasión» o «éste no es el mejor momento», pero sólo consiguió que la cuestión fuese retomada en cada comida, como un ritual de consagración de la mesa. Días después, como ocurre casi siempre, la realidad se encargó de barrer definitivamente la discusión, porque Bàrbara sacó su plaza de profesora de instituto, Helmut recibió la oferta para los guiones de ciencia-ficción y de la noche a la mañana el mundo les pareció hecho a medida.

Helmut se acerca ahora a la tienda de cómics y da vueltas a una idea que se ha atrevido a formarse durante el último minuto, casi como una broma de mal gusto. Es la idea básica de que quizá sí sería un buen padre, ¿por qué no? El interrogante le sacude el cuerpo con un sentimiento de trascendencia que es toda una novedad. Al cabo de un rato, sin embargo, ese mismo sentimiento se autodestruye: como una secuencia orquestada para resumir los destinos de una vida en pocos segundos, Helmut ve cómo le pasa por delante un niño rubio y gordito, de unos tres años, que sale corriendo en patinete de una tienda de ropa infantil y, acompañado por la banda sonora de una madre que grita primero de rabia y luego de terror, se lanza contra un coche aparcado enfrente. Treinta metros más allá, el niño es ahora un hombre barrigudo, con la tez enmascarada, el pelo ennegrecido por la mugre y la nariz torcida, que saca medio cuerpo de un agujero en la acera para mirar de dónde vienen esos gritos ensangrentados de criatura y, al cabo de cinco segundos de indiferencia, se agacha para volver a excavar la zanja y respirar el gas que escapa de alguno de esos tubos tan delicados. Finalmente, cerca de la tienda, el niño y el hombre del mono azul se han convertido ahora en un viejo de pelo blanco y trenzas como estalactitas de suciedad, tumbado en la acera y rodeado de perros melancólicos, que pide caridad mientras balancea al aire el muñón carmesí de una mano que perdió años atrás, a buen seguro en una explosión.

De vez en cuando, dentro del sobre con las fotografías que envían a Helmut, también encuentra un vídeo que recoge sus documentales ya grabados y emitidos. Las dos o tres primeras cintas las vio con Bàrbara, encantados los dos ante el televisor y con provisión de palomitas. Helmut, quien se forzaba a ver los documentales con una distancia de experto demasiado ingenua, siempre quedaba maravillado ante el prodigio de la animación: le parecía increíble que esos rostros de las fotos se movieran y hablaran de verdad. En cuanto a Bàrbara, a ratos fingía que se tragaba las experiencias narradas por los personajes y, abriendo unos ojos como platos, acababa confesando que sí, que ella creía en ovnis y marcianos. Entonces se miraban seriamente, cara a cara, y ambos soltaban al mismo tiempo una risotada maliciosa. Otras veces, en cambio, ella sentía lástima de los telespectadores, lástima del ejército de embobados universales que intuía tras esas imágenes, y ahuyentaba esa vaga sensación de encubridora reprochando a Helmut tanta fantasía.

«¡Hostia, tío, ahí te pasaste!», le decía exagerando la entonación, y entonces él se levantaba de golpe, salía a la terraza y apuntando con un dedo hacia las estrellas, hacia la noche rutilante, gritaba: «Lo hago por ellos. No estamos solos, Bàrbara. ¡Yo no soy más que un ventrílocuo!» La escena tenía un aire cinematográfico, pero no queda claro si Helmut se parodiaba a sí mismo o creía firmemente en esas palabras.

Pasados unos meses se cansaron de reproducir siempre ese ceremonial y ahora las cintas de vídeo se apilan ordenadas en un rincón del estudio de Helmut, un templo recargado hasta el techo de ídolos e idolitos. Sí, Helmut es uno de esos coleccionistas que se extasían contemplando las páginas amarillentas y llenas de polvo de un tebeo de hace cincuenta años que se saben de memoria, o que pueden dedicar toda una tarde a la veneración de superhéroes de plástico pintados dos décadas atrás por una mano asiática y daltónica. Aunque ya nunca vea esos vídeos, pues él es feliz sabiendo que sus amigos visionarios y atormentados comparten ese territorio con el hombre de rayos X en los ojos, por ejemplo, o con el ejército de veinte alienígenas modificados genéticamente (y, si los lames, todavía un poco salados) que años atrás regalaban en las bolsas de patatas chips.

Han transcurrido algunas semanas desde esa cena y hace días que las cosas no van bien entre Bàrbara y Helmut. Las noches les atrapan de cara a la pantalla del ordenador, navegando cada uno por su cuenta en Internet, o tumbados en el sofá y haciendo zapping por un repertorio de programas tan vulgares y aburridos que les ayudan a llenar el silencio con sus comentarios indignados, como si así expulsaran el malestar propio. No han vuelto a hablar abiertamente de la criatura que de momento no ha sido ni es concebida, pero la cuestión sigue latente, y además de sepultarles en esa calma vegetativa, se alza entre ambos como un pararrayos que atrae y reduce todas las tormentas y carga la atmósfera de una electricidad que no saben aprovechar. Tienen la piel suave, ahora, y se obstinan en descubrir indicios y rastros por todas partes.

No sé, hay señales. Quince días atrás, por ejemplo, improvisaron un fin de semana en las montañas sin amigos, sólo ellos dos. Como les parecía que habían entrado en un período de confianza (aunque debía de tratarse de un espejismo), el miércoles reservaron una habitación en una casa de huéspedes de pueblo y sobre el mapa trazaron una ruta que alguien les había aconsejado. Se fueron el viernes por la tarde, cuando Bàrbara salió del instituto, y el sábado por la mañana, al preparar una mochila para la excursión, se dieron cuenta de que habían olvidado la cámara fotográfica. Oh, el olvido les pareció terrible, y ambos se atribuyeron el error al instante, empeñados en exorcizar las culpas del otro. No pasaba nada, no era tan importante, pero si no llevaban una máquina para captar ese paisaje sobrenatural, se decían, no valía la pena salir, por eso decidieron que darían un pequeño rodeo y se pararían en la gasolinera del pueblo para comprar una de esas cámaras automáticas tan sencillas, de un solo uso.

Durante el día hicieron doce fotos, la mitad de las que había en el carrete, y fue como si con cada uno de esos clics que capturaban valles oscuros, caminos inmaculados y riachuelos transparentes hubieran comprado también la placidez de postal que desprendían. Por la noche cenaron con el cuerpo molido pero drogados por una euforia vital que hacía tiempo que no experimentaban con tanta viveza, y cuando se metieron en la cama, lo bastante temprano para sentirse especiales, se arroparon con las mantas como si allí debajo fuera a serles revelada la fórmula de la felicidad (pero la canoa, ya lo sabemos, nunca se aventuraba más allá de las aguas tranquilas).

Al día siguiente se despertaron con el repique de las gotas de agua en las calles empedradas. Acurrucados en la cama, prolongaron unos minutos ese enardecimiento de la noche anterior, con juegos eróticos incluidos, pero después de ducharse y bajar a desayunar comprendieron que el día estaba perdido. En la calle, el estampido de la lluvia contra las piedras era ensordecedor. Subieron de nuevo a la habitación y Bàrbara se tumbó en la cama para leer una novela. A su lado, Helmut cogió la cámara fotográfica y empezó a leer las instrucciones, para distraerse con algo. Fue entonces cuando descubrió el enfermizo ingenio de los japoneses.

Aunque era un modelo muy simple, entre las funciones que ofrecía la cámara estaba la posibilidad de poner un titulo a las fotografías. Después de hacer la foto se le asignaba un código, y cuando era revelada, la frase salía al pie de la imagen. Helmut leyó la lista de títulos previstos y sonrió, porque quien había decidido todas esas estampas dignas de recordar se había hecho un lío con las tradiciones del mercado europeo. Acto seguido se lo contó a Bàrbara, que levantó la vista del libro y le miró con curiosidad.

—Podríamos jugar a algo para pasar el rato —dijo Helmut—. Podríamos gastar las fotos que nos quedan y ponerles un título. Representamos la situación, como si fuésemos actores, y nos hacemos la foto. Una tú, una yo.

Como en la atmósfera de esa habitación había una necesidad compartida de salvar la mañana, no fue muy difícil que Bàrbara se animara a jugar. La primera foto de la lista, quién sabe por qué extraña lógica, se titulaba «¡Fiesta de graduación!». Helmut improvisó una toga ciñéndose el cubrecama azul marino y convirtió una bolsa de plástico negro en un proyecto de birrete, a continuación arrancó una hoja del bloc de notas de la casa de huéspedes, la enrolló y, dibujando una sonrisa de adolescente imbécil, la enseñó a la cámara como si se tratara de un diploma. Cuando le hizo la foto, Bàrbara se rió y pensó que saldría desenfocada.

El clic detuvo el tiempo en esa escena, un segundo indestructible, y ambos salieron de ella aún más alborotados. A continuación Bàrbara tenía que representar un «¡Último día de vacaciones!», y estrechando la bolsa de viaje contra su pecho, como si estuviera cargada de recuerdos, se inventó una expresión soñadora (ay, ese evanescente amor de verano...) y la combinó con una pose de niña ingenua. Enmarcada en el objetivo, y por primera vez desde hacía muchas semanas, Helmut la encontró adorable.

La lista de títulos les estimuló la imaginación y a la vez les mandó hacia un pasado lleno de celebraciones. Entre otras, Helmut brilló en la interpretación de un «¡Día del Padre!» con el ademán grave de un patriarca venerable, una «¡Fiesta de fin de curso!» muy sentimental, no como las de verdad, y un «¡Bar Mitzvah!» irreverente porque era representado por pura intuición; Bàrbara, por su parte, imitó una «¡Presentación en sociedad!» copiada de las teleseries norteamericanas y una «¡Nochebuena!» rebosante de candor.

Entonces llegaron a la última fotografía y estuvieron de acuerdo en que tenían que salir los dos juntos. La fiesta que les tocaba a continuación llevaba un título que quizá debiera haberles puesto en guardia, «¡Bautizo!», pero en plena dinámica regresiva les resultó fácil imaginarse que ellos eran sus padres, en los años sesenta, irónicamente ardientes por poner la primera piedra de la fe de un hijo. Bàrbara se recogió el pelo en un moño alto y Helmut se abrochó todos los botones de la camisa, hasta el cuello, para dar una estampa más ceñuda a su personaje. Una almohada envuelta en una toalla simularía el bebé recién nacido.

Cuando ya estaban a punto, Helmut preparó el mecanismo automático de la cámara y la fijó en los barrotes del pie de la cama, uno de esos armatostes de hierro forjado que justifican el turismo rural. Después apretó el temporizador y corrió a ocupar su sitio en la cabecera de la cama, al lado de Bàrbara. Pasaron tres segundos larguísimos y nada. Los dos estaban fastidiados porque la cámara no funcionaba, pero también porque si se movían entonces oirían el clic fatal, y se quedaron quietos, en silencio. Pasó otro segundo lentísimo y esa espera infinita les despertó el sentido del ridículo. Inconscientemente, como si espiaran por el objetivo, se imaginaron a sí mismos con la sonrisa congelada y entonces, mientras la máquina se decidía por fin a inmortalizarles (Helmut convertido en un pasmarote de ojos vacíos), Bàrbara se sintió prisionera de la almohada que arrullaba, de ese trapo suave en sus brazos que la inmovilizaba con tanta fuerza, y desgarrada por dentro se puso a sollozar violentamente —como si quisiera que los espasmos dieran vida a ese peso muerto y estúpido.

Sí, son señales.

Miércoles por la tarde y Bàrbara se ha ido de viaje de fin de curso con los alumnos del instituto, una semana en Italia más dos días enteros en la autopista. Aunque ella es de las que disfruta con el contacto con los alumnos —siempre se refiere a ellos como «mis niños»—, esta vez no le apetecía embarcarse en el viaje, porque hace dos cursos ya vivió uno de esos periplos, también a Roma, y volvió asqueada: durante algunos días la cabeza le daba vueltas sólo de recordar ese puré de interminables horas en la autopista, piedras y cuadros vislumbrados a toda prisa, vigilancias policiales en el hotel y siestas en el autocar interrumpidas por los gritos histéricos de los adolescentes. Si esta vez ha aceptado, es sólo por la insistencia de Mirra, otra profesora del instituto con quien se lleva muy bien, que le ha asegurado que no se preocupe por nada, que en esas circunstancias ella sabe

113

muy bien cómo gobernar a los alumnos. Hay otra razón secreta, sin embargo, que ha convencido a Bàrbara: se dice que le irá bien estar unos días sin ver a Helmut, quizá esa cuarentena falsa les ayudará a plantearse las cosas entre los dos (aunque sea así, de una forma inconcreta).

A su vez, Helmut interpreta ese viaje como una huida de Bàrbara y los dos o tres últimos días se ha vuelto más taciturno. Cuando está solo en casa, como si se tomara un calmante, escucha canciones marcadas con una crucecita en los discos de vinilo y revive la existencia alada de los años sin compromiso. Entonces, cuando ella vuelve del trabajo, él se siente como si la hubiera traicionado y expía la infracción aislándose. Fruto de ese encogimiento, hoy por la tarde ha acompañado a Bàrbara a la salida del autocar y todo el tiempo los movimientos entre ellos dos han sido abruptos, desacompasados y marcados por la extrañeza, como si de hecho desearan entregarse a ritmos de vida diferentes. Durante el trayecto en coche, para llenar el silencio, se han refugiado en la seguridad de los lugares comunes —riega las plantas; envíame una postal; tienes que salir, no te quedes en casa; y tú llama—, y a la hora de despedirse les ha salido un beso demasiado rígido (pero que algunos alumnos han aplaudido estúpidamente desde el interior del autocar).

En primavera las noches romanas tienen exactamente la calidez que prometen las guías turísticas: es cierto que al atardecer las calles se animan con un concierto de alaridos primarios, rumor metálico de platos y cubiertos, televisores escandalosos y estruendo de ciclomotores, y que, pasada la medianoche, las voces se vuelven dulces y del asfalto regado asciende un aire fresco que se mete por las ventanas abiertas y acaricia las pieles con la suavidad de un amante latino.

Mirra tenía razón. Es la tercera noche que pasan en Roma y Bàrbara ya casi ni se acuerda de que viajan con alumnos. El secreto es tratarlos como adultos, enseguida lo ha comprendido, como si ellas dos fuesen las hermanas mayores de todo el grupo. En esos momentos, a punto de dar la medianoche, están las dos en la habitación del hotel, tumbadas en la cama. En un televisor encendido pero sin volumen se ven imágenes de un tenor cantando en un escenario en las termas de Caracalla. Las dos están apurando una botella de chianti que esta tarde han comprado en el Trastevere y comparten el segundo porro que ha preparado Mirra. Llevan sólo braguitas y sujetador y la brisa nocturna que entra por la ventana les eriza la piel como la electricidad estática.

La atmósfera de la habitación es tan relajada que las dos chicas se sienten ligeras y desinhibidas. La escena podría tener un aire homoerótico, pero no es más que un reconocimiento mutuo, el refuerzo de una amistad: tres días les han bastado para comprobar que, fuera del instituto, tienen más cosas en común de las que imaginaban. Hoy, como cada noche desde que llegaron al hotel, llevan casi dos horas de charla con la misión de revisar y asegurar cada uno de los nudos de la red de confidencias que empieza a enlazarlas.

De vez en cuando, en el pasillo, se oyen portazos y carrerillas, pero en lugar de alarmarse y salir a pegar un grito, no pueden evitar incorporar esos ruidos a sus propias fantasías. En ese momento, como si imitaran el palique de dos inseparables amigas de diecisiete años en la habitación de al lado, Mirra y Bàrbara repasan a los alumnos más atractivos del viaje y coinciden en destacar a dos, quienes a sus ojos son como la noche y el día: uno es reservado y saca partido de una timidez estudiada, pero de vez en cuando lanza unas miradas tórridas que le delatan; el otro es directo y seguro de sí mismo, ya ha aprendido a hacerse el interesante, y a ratos, cuando ante ellas dos menosprecia a las chicas de su curso por ser demasiado pavas, da la impresión de que quiere promocionarse como amante experto. En ese clima brumoso y lento que han creado la maría y el vino, Mirra y Bàrbara se ríen con ganas, se hacen las atrevidas y proclaman con voz embarullada que no descartan nada. El ambiente es propicio, la charla ha tomado un tono vaporoso y superficial. De pronto, puede que para dar contrapeso a la sensación de frivolidad que las envuelve, o de culpa, se acuerdan de sus hombres —Eric y Helmut— y se preguntan qué deben de estar haciendo en ese preciso momento. Una y otra ensayan respuestas despreocupadas, que dibujan a un Eric jaranero y a un Helmut abstraído (como si fuesen el reflejo de los dos alumnos preferidos), pero por dentro un flechazo de amor las obliga a hacerse una composición de lugar más sentimental: si ahora pueden levitar sobre las noches romanas con esa agilidad, se dicen, como un globo de helio, es porque desde sus casas ellos aguantan pacientemente el cordel que las sujeta.

Suspiran de cansancio. Poco a poco la noche se ha vuelto más espesa y se contagian bostezos. Se meten en la cama, apagan la luz y entonces, a oscuras, se dan cuenta de que han dejado el televisor encendido. Las imágenes que salen de la pantalla se reparten por las paredes de la habitación y las tiñen con los tonos irreales de un diorama. Mirra coge el mando a distancia y antes de apagar el televisor hace un poco de zapping porque sí. Cuando llega al sexto canal, la pantalla se llena con la vista aérea, a vuelo de pájaro, de unos campos de maíz surcados por unos dibujos extraños, formas asimétricas que podrían ser signos de un alfabeto desconocido, y Bàrbara comprende que se trata de uno de los documentales de Helmut. Mientras le llega el sueño, el flechazo de antes le pone de nuevo la carne de gallina, esta vez con más vatios de potencia, y piensa que si no fuese tan tarde le llamaría para contarle lo que ha visto y para escuchar su voz solitaria.

• • •

Es una lástima que no haya telefoneado, tampoco era tan tarde, y a veces los destinos más amarrados pueden dar la vuelta en un segundo, todos conocemos algún caso. Mientras Bàrbara se deja llevar por la corriente de un sueño narcotizado, Helmut sigue tumbado en el sofá de su casa, inquieto y al mismo tiempo inmóvil. La aguja del tocadiscos se ha atascado en un surco del final del disco y cada tres segundos repite el mismo traquido doliente. A su alrededor, un panorama de trozos de pizza resecos, latas de cerveza aplastadas, un cenicero lleno a rebosar de colillas y cáscaras de pistacho, películas de vídeo amontonadas sin estuche, mondas de naranja por el suelo y mil residuos más que reflejan la desidia de un montón de horas sacrificadas ante el televisor para obtener una existencia más fácil. Durante esos cuatro días, desde que Bàrbara se ha ido de viaje, la vida exterior de Helmut ha vuelto a la simplificación de años atrás, antes de que se conocieran, pero interiormente ha progresado en la dirección opuesta: esa caravana de detritus que ahora le rodean como satélites de su angustia no es obra del Helmut infantilizado, sino del rodríguez melancólico.

Desde el sofá, Helmut observa la escenografía hiperrealista que le encastilla este sábado por la noche y repasa una vez más el catálogo de reproches a Bàrbara que ha estado confeccionando mentalmente. Si a continuación otra voz interior le apunta que es una lista injusta y rebatible punto por punto, elaborada desde la negatividad de los últimos días, entonces él la afirma con la revelación de esta tarde, que se impone con la contundencia de una nota a pie de página crucial, o si se quiere con la mezquindad de la letra pequeña de un contrato.

La revelación de esta tarde. Tras levantarse, pasadas las dos del mediodía, Helmut se ha refugiado en las aventuras extraordinarias de una saga de colonizadores de las galaxias que hace unos meses compró en vídeo. Hacia el final de la segunda parte ha aparecido una princesa que él siempre ha identificado con Bàrbara. En realidad, aunque Bàrbara no lo sabe, es al revés: cuando la vio a ella por primera vez, en una fiesta de Fin de Año a la que ambos habían llegado de rebote, pensó al instante que era una réplica perfecta de la princesa Tamanda. Al cabo de cinco minutos de observarla, se había enamorado de ella.

Esta tarde, cuando se ha reencontrado con la princesa Tamanda después de tantos años, Helmut ha sufrido un ataque de nostalgia que todavía le ha hundido más en el sofá. Poco después, como si circulara por vasos comunicantes, esa misma nostalgia se ha trasladado de la princesa a la Bàrbara que él conoció, nueve años atrás, y entonces ha sentido la necesidad de comprobar hasta qué punto se asemejaban las dos heroínas. Ha pulsado el botón de pausa en el vídeo (en la pantalla el rostro congelado de la princesa ha empezado a temblar) y ha ido a rebuscar en los armarios del estudio donde Bàrbara guarda sus cosas. El ansia se lo comía por dentro. De reojo, Helmut ha visto desfilar ante sí una alejandría de archivadores, carpetas y separadores que contenían el rastro impreso del pasado de ella —programas de mano de teatro, fichas de alumnos, apuntes de la carrera, agendas caducadas—, y en medio de todo, como si estuviera custodiado por esos recuerdos, ha conseguido encontrar el álbum de fotos que buscaba.

Llevaba mucho tiempo sin pasar esas páginas, pero no le ha resultado difícil evocar con qué fascinación, al principio de vivir juntos, había dedicado horas y horas a contemplar esas imágenes de la Bàrbara previa, con qué apetito había llenado los huecos de su vida anterior mientras, a ratos, ella le censuraba con una mezcla de coquetería y vergüenza. Esta tarde, cuando ha abierto el álbum para encontrar a la princesa, se ha dado cuenta de que el tiempo había matizado esa fascinación incondicional.

En la primera página se ha reencontrado con Bàrbara cuando empezaba a llamarse Bàrbara, la foto en blanco y negro de un bebé de carnes rosadas extirpado a las tinieblas unas horas antes. A su lado, consolándola, la desnudez balsámica de esa niña de meses que había estirado su piel arrugada y ya era capaz de sonreír cuando la llamaban por su nombre. Helmut se ha detenido unos segundos en esa imagen y después ha pasado página para redescubrir una secuencia que años atrás le emocionaba especialmente. La niña de tres años que cierra los ojos y tiene un aspecto demasiado juicioso, como si ya hiciera frente a los primeros miedos; la niña de siete años que sopla las velas de un pastel, acompañada por una tribu de amigos que la miran expectantes y, reposando en su hombro, la mano blanca y sucia de un payaso decapitado; la niña de trece años disfrazada de duendecillo del bosque que recita un poema diabéticamente lírico sobre un fondo de árboles empachados de verde.

En la página siguiente le aguardaba un *collage* de imágenes donde Bàrbara ya había crecido y las facciones de la princesa se iban definiendo. Turbada por la cámara, la adolescente realiza muecas de asco vital o protege su timidez tras unas manos de uñas pintadas con colores vivos. Helmut ha sonreído en silencio y ha reprimido unos segundos las ganas de pasar otra página, por puro suspense, y entonces, en ese instante retardado, ha tenido lugar la revelación. De repente ha comprendido que, si daba la vuelta a la hoja, la Bàrbara que se encontraría al otro lado quizá aún se pareciera increíblemente a la princesa Tamanda, como dos gotas de agua, pero a buen seguro nada tendría que ver con la Bàrbara actual. Con una clarividencia dolorosa y al mismo tiempo liberadora, se ha dado cuenta de que todo era una cuestión de expectativas defraudadas: el guión que hubiera escrito viendo las niñas de las primeras fotos, en

119

estos momentos habría sufrido tantas correcciones que él ya no era capaz de reconocerlo como propio.

Antes de cerrar el álbum y devolverlo a su sitio, ha despegado la foto de Bàrbara disfrazada de duendecillo del bosque y la ha guardado en su cartera. A continuación ha apagado el vídeo (la princesa temblorosa ha desaparecido con una mueca de pena), ha puesto un disco y se ha tumbado en el sofá. Tras las ventanas, la noche ha caído sobre la ciudad de forma fulminante, como una réplica externa de su ofuscación, y ahora, confundida con el sueño que le sobreviene, una decisión va tomando forma.

Lunes por la mañana y desde hace una hora Helmut limpia y ordena el apartamento. Hoy se ha despertado en el sofá, con el cuerpo molido y la cabeza turbia. Durante unos segundos, mientras regresaba al mundo consciente, le ha costado saber dónde se encontraba, pero cuando ha reconocido que se hallaba en su casa y que se extendía ante sí ese horizonte devastado, como si tirara de un hilo le ha seguido detrás toda la cadena de pensamientos y determinaciones que puso en orden ayer por la noche. Sin perder un minuto en desperezarse, se ha levantado, ha hecho café, se ha fumado un cigarrillo en ayunas y, con una bolsa de basura en la mano, ha empezado a recoger todas esas sobras desperdigadas.

Ahora, mientras guarda las cintas de vídeo en sus estuches correspondientes, suena el teléfono. Helmut se acerca al aparato y lo mira fijamente hasta que salta el contestador. La voz de una Bàrbara que quiere ser áspera y al mismo tiempo afectuosa invita a dejar un mensaje, y dos segundos más tarde, la voz de otra Bàrbara menos áspera y más afectuosa habla desde un móvil.

—Hola, soy yo —dice. De fondo se escucha un barullo de coches y adolescentes que arman alboroto—. Te llamo desde Pisa, la torre está más inclinada que nunca. —Una pausa—. No..., no estás en casa, ¿verdad? Lo intentaré de nuevo más tarde, a eso de las siete. Un beso. —Y cuelga.

Para alejarse cuanto antes de ese instante que le parece de baratija, Helmut piensa en el atardecer, dentro de unas horas, en el teléfono que volverá a sonar en ese apartamento vacío. No soportaría escuchar de nuevo la voz de Bàrbara repitiendo el mensaje y, a continuación, haciéndose preguntas estériles.

Han pasado cuatro días más y ya es viernes. Por la noche, Bàrbara llega a casa y abre la puerta del apartamento con una mezcla de recelo y euforia que le crea una bola en el estómago. Reduciendo el éxito del viaje y la luminosa amistad con Mirra están las cuatro llamadas no contestadas por Helmut, que en algunos momentos han hecho que se sienta muy sola y lejos de todo el mundo —en el último intento, ayer por la mañana, ni siquiera le dejó mensaje—, pero es que al mismo tiempo la corroe y se la come viva la mala conciencia por lo que pasó durante la última noche en el hotel. Mirra y ella acordaron que lo olvidarían en cuanto el autocar cruzara la frontera entre Italia y Francia, como un objeto de contrabando que ha sido incautado, pero ahora que vuelve a casa se da cuenta de que no va a ser tan fácil.

La última noche en el hotel de Roma. Con la excusa privada de que antes de volver a casa tenían que fumarse toda la marihuana que llevaba Mirra, en un momento de debilidad invitaron a su habitación a los dos alumnos que iban a la cabeza del ranking. Los chicos se presentaron a la hora convenida con dos botellas de vino barato, llamando tímidamente a la puerta, sofocando una risita nerviosa y azorados por el privilegio de esa especie de examen sorpresa. De entrada, Mirra y Bàrbara les acogieron casi con instinto maternal y dándoles lecciones sobre la vida, pero poco a poco las edades se equilibraron y la charla se llenó de guiños y de dobles sentidos. Al cabo de dos horas de cháchara, después de mezclar maría (ellos dos también llevaban) y subyugados por la potencia desinhibidora de esa vinaza, empezaron a besuquearse con los dos chicos, cada una con el que le correspondía, como si tuvieran quince años y se revolcaran en los sofás grasientos de una discoteca de barrio. Las dos profesoras saborearon un rato esa sensación transgresora que aún las emborrachaba más, pero ambas supieron cortar a tiempo, como si al fin y al cabo se tratara tan sólo de un pacto de sangre para lacrar una amistad íntima. La sesión no duró más de cinco minutos y los chicos sólo consiguieron acariciar las puntas de su ropa interior, pero cuando se despidieron, al salir de la habitación con la misma timidez de antes y tambaleándose, a los cuatro les quedó una sensación magnificada, como si hubieran traspasado alguna especie de línea iniciática.

Bàrbara entra en el apartamento y descubre que todo está en penumbra. El silencio también le parece diferente. Deja en el suelo las dos bolsas de su equipaje y un póster enrollado, y sin convicción llama a Helmut porque sabe que si estuviera en casa ya habría oído la puerta y habría dicho algo. Caminando por la casa, mira en cada habitación y no descubre nada extraño. De hecho, no sabe qué es lo que está buscando exactamente, pero bañado por esa sombra polvorosa, el apartamento tiene un aire acusador que hace que se sienta mal. En el dormitorio se quita los zapatos y sube la persiana, para que entre el resplandor del atardecer. En el cuarto de baño se moja la cara, se mira en el espejo y se da cuenta de que tiene ojeras, pero las justifica diciéndose que la pasada noche en el autocar casi no ha dormido. Cuando llega al salón, la luz del contestador automático parpadea y marca cuatro mensajes nuevos. Entonces, mientras aprieta el botón y escucha su voz feliz hablando desde Italia, con una felicidad extravagante que le llega desde el pasado como un reproche, comprende que tiene que buscar alguna señal.

La encuentra dos minutos después, nada más entrar en la cocina y ver la nota pegada a la puerta del frigorífico, tapando la foto del bebé de Estanis y Tera. Escrito con letra apresurada, se lee: «Yo también me he marchado unos días. Hasta pronto, un beso. Helmut.» Y nada más. Estupefacta, Bàrbara relee mil veces esas palabras e intenta situarlas: por su mente desfilan uno tras otro los lugares donde Helmut puede encontrarse, con la rapidez de a quien sólo le quedan veinte segundos para morirse, pero la cinta de paisajes va tan aprisa que se difumina y no puede distinguir nada y le da mareo. Para hacer algo, abre la nevera y comprueba que está prácticamente vacía, un panorama polar ocupado por dos yogures que caducan hoy —qué típico—, una lechuga iceberg envuelta como el capullo de una oruga gigante y tres tomates alineados que van a pudrirse de un momento a otro. La cierra de nuevo y la nota queda ante sus ojos. Vuelve a leerla por última vez y piensa que ahora probablemente debería llorar, pero la bola que llena su estómago, como una esponja, le chupa todas las lágrimas.

Desde la calle llegan los gritos de unos niños que juegan a pegarse y Helmut recuerda que él y su hermano mataban las horas en el patio de atrás, haciendo crecer renacuajos en una colección de tarros de mermelada llenos de agua verdosa. Helmut se encuentra en casa de su padre. El hombre solitario vive al norte del país, en un pueblo acomplejado, con casas adosadas en las afueras, todas iguales, y un pabellón polideportivo en un extremo y el cementerio en el otro. La casa donde vive su padre es la misma donde Helmut pasó toda su infancia y adolescencia, y llevaba años sin quedarse a dormir allí. Recuerda que cuando murió su madre, su hermano y él se turnaron para hacer compañía a su padre, pero a las dos semanas ya se había acostumbrado a la vida solitaria y les pidió que por favor no lo prolongaran más. A partir de ese momento bastó una llamada de vez en cuando y el almuerzo obligado en las fechas señaladas. Tres días atrás, cuando se presentó allí por sorpresa, Helmut le contó que había aprovechado el viaje de Bàrbara para visitarle, y su padre pareció contento de verle, pero esta mañana, durante el desayuno, en un tono de voz ligeramente irritado, ya quería saber si iba a quedarse muchos días más. No se lo dice para no herirle, pero de pronto, con su intrusión, la vida austera que lleva habitualmente se está convirtiendo en una pesadilla.

Tumbado en la cama a la hora de la siesta, Helmut quiere comprender qué le incomoda tanto de la pregunta de su padre. Como él mismo es parte implicada, al principio no se da cuenta de que la respuesta se encuentra en esa habitación, cercándole. El viejo cubrecama de cuadros escoceses sobre el que ahora mismo se acuesta, las paredes llenas de pósters y fotogramas de naves espaciales, clavados con chinchetas a la cabecera de su cama, un móvil hecho de ovnis recortados que alguna corriente de aire ha enredado, un balón de fútbol deshinchado bajo el escritorio o los armarios que todavía guardan las camisas y camisetas de los dos niños, embalsamadas por siglos y siglos de naftalina, son simples ejemplos que delatan un ansia de sus padres de detener el tiempo. Durante estos tres días, sin embargo, Helmut ha convivido con ellos como si nada (porque necesitaba esa regresión física igual que un sedante), y sólo cuando observa detenidamente las imágenes de futbolistas que siguen colgadas sobre la cama de su hermano, las fotos descoloridas y con las puntas dobladas, empieza a descifrar todo aquello: esos jugadores, piensa, ya deben de estar retirados, incluso puede que alguno haya muerto —en un accidente de coche, quién sabe, o en una mala inmersión haciendo submarinismo en el Caribe—, pero allí colgados siguen luchando y sudando enérgicos como si todavía jugaran cada semana, como si el próximo domingo esperaran marcar el gol decisivo.

Ya lo capta. Quieta en un instante prolongado, esa casa es un homenaje a un tiempo caducado pero perfecto, y él, animando nuevamente esa habitación —aunque sea con una vida infeliz y letárgica—, a ojos de su padre la está socavando desde dentro. Helmut se siente censurado, como si se encontrara en la casa-museo de alguien ilustre y hubiera saltado la cuerda aterciopelada de protección para dormir furtivamente en ese escenario, y en un destello de lucidez se dice que no tiene ningún sentido seguir refugiándose en ese rincón del mundo. Esta noche, durante la cena, buscará cualquier excusa para dar a entender a su padre que mañana tiene que irse.

¿Y Bàrbara qué, entre tanto? Bàrbara ha ido a cenar a casa de Mirra y Eric, pero asegura que no tiene hambre. Paralizada por el arrepentimiento, incapaz siquiera de hacer pedazos la nota colgada en la nevera y tirarlos a la basura, ha pasado toda la tarde del sábado intranquila y dudando sobre si debía dar algún paso para localizar a Helmut, pero como se empeña en relacionar su ausencia con el resbalón de ella en Roma, ha hecho una llamada de emergencia a su cómplice Mirra para contarle con voz compungida la desaparición de Helmut.

Ahora, a lo largo de la cena —han cocinado la pasta que trajeron de Italia—, Mirra le da una lección de carácter, hasta el punto de que a ratos parece que sea Eric, tan apocado, quien tenga algo que ocultar, y en esa conversación a tres bandas ella es el ángulo más agudo del triángulo. A medida que van pasando los minutos, Bàrbara se siente mejor y también se suelta. Ella y Mirra recuerdan anécdotas vividas en el autocar, o parodian frases absurdas que durante esos ocho días, repetidas a todas horas por los alumnos, se han convertido en un emblema del viaje. Mientras toman café y grappa, les saltan las lágrimas de tanto reírse comentando las fotos que hizo Mirra, y que ha mandado revelar esta misma mañana. En una foto de grupo, en primer término, pueden distinguir a los dos aprendices de seductor; Mirra le enseña la foto a Bàrbara y guiñándole un ojo dice: «En ésta salen nuestros novios. Debería encargar una copia para ti.» Bàrbara se ruboriza y con su mirada busca la reacción de Eric, pero el chico sonríe de oficio y muestra un desinterés absoluto por esos dos o tres chavales que cada año, con nombres diferentes, hacen babear figuradamente a Mirra. Por educación, Eric espera a ver todas las fotografías (y piensa que podrían ser perfectamente las del curso anterior), pero al cabo de un rato, como se siente desplazado, se despide anunciando que va a mirar el correo electrónico y luego a dormir, mañana por la mañana tiene partido de tenis.

Tan pronto se quedan solas, a Bàrbara se le quiebra la voz y empieza a deshilvanar el memorial de miedos que le atenazan los nervios. No, no, esto no puede ser, venga, Mirra la abraza y apela emotivamente al espíritu confidencial de Roma. Le basta con un cuarto de hora de didáctica en voz baja, susurrante, para neutralizar el psicodrama que amenaza con hacer naufragar a su amiga. Si es Helmut quien se ha ido, le da a entender, entonces técnicamente están empatados. Empatados, ésa es la cuestión. Una cosa va por la otra y las razones del corazón suelen encontrar un equilibrio en esa especie de compensaciones mudas, ella ya lo sabe.

Al principio Bàrbara no lo ve muy claro, pero a medida que se diluyen en la grappa, los consejos de Mirra pierden ese aire sospechoso de argucia y ganan la incuestionable seguridad de un prospecto de fármaco. Enseguida empiezan a surtir efecto, pues, y una hora más tarde, en el taxi que la lleva a casa, Bàrbara se convence de que está dispuesta a perdonar a Helmut.

Ya no se acordaba, pero durante años Helmut sintió odio por la habitación que en estos momentos contempla sin una gota de rabia.

Hace unos minutos, cuando estaban cenando, le ha contado a su padre que mañana a primera hora tendrá que marcharse porque le ha salido un trabajo urgente —el hombre solitario ha recibido la noticia con una indisimulada expresión de alegría—, y de pronto, con el anuncio, se ha reanimado en su interior, durante un segundo, esa necesidad de huir sin destino que hace dos décadas, más o menos, le angustió en esa misma casa. Puede que por esa razón ahora, cuando ha entrado en su habitación y ha visto la cama estrecha esperándole, se ha imaginado que esa noche volvería a ser víctima de un febril ataque de sueños rebeldes, uno de esos terremotos del cerebro que convertían las sábanas en una camisa de fuerza, y antes de que Bàrbara se abriera camino y se instalara en el epicentro de ese presagio, se ha apresurado a vaciarlo de contenido y a verlo tan sólo como una anécdota, un *souvenir* del pasado.

En ese momento, pues, Helmut contempla la habitación con otros ojos, como si estuviera filmando el *making-off* de su adolescencia. Ve las dos camas una al lado de la otra, con la mesilla de noche en medio y la lámpara de pantalla abollada por un antiguo golpe de pelota, las cortinas emplomadas por el polvo, la larga mesa del escritorio contra la pared del fondo y, encima, una exposición de objetos olvidados e inservibles pero que él reconoce con la familiaridad habitual. La grapadora, el recipiente de los rotring y los lápices, el estuche de dos pisos lleno de rotuladores que probablemente no pintan y huelen a colonia barata. Si durante una época su imaginación transformó con facilidad esas cuatro paredes en una nave espacial atacada por los marcianos —la máquina de escribir eléctrica, con su traqueteo de ametralladora, era un cuadro de mandos ultramoderno—, ahora le parece el camarote de tercera de un ferry decrépito y oxidado. Se levanta de la cama, clavada a un suelo inestable, con un crujido de muelles, y mira por la ventana con la misma aprensión que si lo hiciera por un ojo de buey tempestuoso. El jardín de su casa, que de pequeño le parecía una patria que defender frente a los invasores —en verano, si se lo ganaban, los dos hermanos dormían allí al vivaque—, es ahora un encrespado mar de sombras, desierto y hostil.

Bruscamente quiere bajar la persiana, que cae con un chirrido dodecafónico y se atranca a la mitad. Con un punto de melancolía intuye que ésta puede ser la última noche de su vida que duerma en esa habitación. Entonces, por curiosidad, y para revestir de calidez esas horas finales —pero también, no nos engañemos, para buscar algún tablón donde aferrarse a la espera del naufragio que acecha—, hurga en los cajones del escritorio. Se los repartió con su hermano, recuerda, dos para cada uno, y como él era el mayor le tocaron el primero y el tercero. Abre el de arriba y lo encuentra ordenado como nunca había estado. Alguien, el padre o incluso puede que la madre, tiempo atrás se entretuvo encajando un sinfín de objetos en ese espacio, como si hiciera falta disponerlos para una ofrenda. En la parte trasera del cajón, Helmut descubre media docena de discos de 45 revoluciones que ya había olvidado, y que llevan escrito su nombre para identificarlos en alguna fiesta. Los repasa y decide que si se lleva un par tampoco romperá la armonía. Junto con los singles, en el cajón hay una caja de plástico que contiene una aguja de tocadiscos y una gamuza que parece eternamente húmeda, una cinta de casete grabada pero sin título, una caja llena de balines y balas, un candado de bicicleta sin llave, dos pilas de linterna gastadas (le divierte probarlas con la lengua) y un juego de dominó magnético, para cuando iban en coche, pero que le causaba mareos (y con él revive también por un instante esas náuseas).

Alguien convirtió el otro cajón en un improvisado archivo de papeles sueltos. A primera vista parecen ordenados metódicamente, pero cuando coge unos cuantos y empieza a hojearlos, Helmut se da cuenta de que no siguen ninguna lógica, como si ese alguien se hubiera limitado a recogerlos del suelo y guardarlos allí dentro. Eso es precisamente lo que le estimula y los repasa uno por uno. Hay resguardos de quinielas que había rellenado ilusionadamente junto con dos amigos —si hubieran sacado un catorce, se habrían fundido el dinero en un viaje a Hollywood—, hay notas de la escuela con la firma falsificada de su padre, hay cromos, dibujos de platillos volantes calcados de los tebeos, adhesivos de propaganda, etiquetas de helados para participar en sorteos de viajes maravillosos, postales escritas por su hermano y su primo desde unos campamentos parroquiales. De vez en cuando, si encuentra algo que le divierte, lo separa para mirarlo luego con más detenimiento. Una entrada de cine de hace quince años le recuerda una tarde con una chica que no salió bien porque la película era más interesante que ella. Dentro de la única carpeta que encuentra, camuflados entre fotos recortadas de revistas de coches, descubre media docena de calendarios de chicas desnudas, del año 1979, que durante unos cuantos meses reinaron en su olimpo sexual (protegido por el cerrojo, las alineaba en el suelo del lavabo y les pasaba revista).

Llega un momento en que todos esos papeles le cansan y siente una especie de vértigo que le obliga a cerrar el cajón. Fatigado, toma algunos sobres que antes ha apartado con los ojos brillantes de fascinación y se tumba en la cama, recostando su espalda en la almohada, para leer su contenido. Ya no se acordaba, pero la letra infantil le ha ayudado a recuperarlo en su memoria: son cuatro cartas que intercambió con una chica inglesa cuando ambos tenían trece años. Una *penfriend*, lo llamaban. La profesora de inglés les puso en contacto porque la chica buscaba a alguien con quien compartir hobbies y escribir en castellano (veraneaba en Mallorca), y así al mismo tiempo él podía practicar inglés. Helmut recuerda que le mandó una primera carta llena de tópicos y sin subordinadas, y que ella le respondió enseguida con la que ahora tiene en las manos. Observa el sello, un dibujo de la reina inglesa de perfil arrogante y bigote a causa del matasellos. Detrás, en el remitente, está su nombre —Cynthia Littbarski— y una dirección de una ciudad británica. Le parece recordar que por aquel entonces la buscó en el atlas y no estaba muy lejos de Londres.

Tantos años después, Helmut vuelve a abrir el sobre, saca una hoja y la lee. El castellano de Cynthia tampoco era muy bueno que digamos, pero por lo menos no hacía faltas y dibujaba florecitas de colores en los márgenes. Se despedía con una fórmula demasiado protocolaria, de correspondencia comercial, que el niño Helmut seguramente no captó. La segunda carta respondía a las preguntas que le había hecho Helmut, y entre otras cosas contaba que los domingos acompañaba a su padre a «concursos de floristería». La tercera carta viene a ser una redacción sobre lo que había hecho el verano anterior en Mallorca, pero la auténtica sorpresa llega con la última carta: el sobre está por abrir, porque de pronto al niño Helmut le pareció cursi escribir cartas a una niña, inglesa o no, y ya no le hizo más caso.

Ahora Helmut abre el sobre con un punto de impaciencia. Esa carta es más gruesa que las otras y de entre los pliegos de papel cae una fotografía de una niña. La carta cuenta que su padre le hizo esa foto especialmente para él, pero que no la había revelado hasta tiempo después y por esa razón no se la había mandado antes. En el fondo de la imagen se distinguen el puerto y la seo de Mallorca, y en primer término la Cynthia de trece años. Va vestida con unos pantalones cortos, como de pirata, y un niqui a gruesas rayas blancas y azules. La mano izquierda sujeta la correa de un perro que no llega a salir en la foto (pero que sabemos por la carta que se llama *Pearl*). Cynthia mira a cámara con una amplia sonrisa resplandeciente, que aún hoy en día inspira devoción, y Helmut reconoce ese estado de ánimo porque él también lo había experimentado anteriormente, no sabría decir si hace veinte años o cuatro días. Tumbado en la cama, levanta los ojos de la foto de Cynthia e intenta revivirla, y entonces coge su cartera de encima de la mesilla de noche, saca la foto de Bàrbara vestida de duendecillo, trece años, la pone al lado de la de Cynthia para comprobar, claro que sí, que se parecen como dos gotas de agua.

Cuando apaga la luz y se arropa con ganas, como si con la acción de momificarse dentro de esa cama pudiera conjurar la noche de insomnio que se avecina, Helmut siente que le dan calambres en las piernas, con ese mismo hormigueo inquieto de cuando al día siguiente se iban de excursión.

Diez horas más tarde, Helmut conduce por la autopista y escucha el casete que encontró dentro del primer cajón de su escritorio. Aunque la grabación es vieja —calcula que tendrá unos diecisiete años— y las canciones suenan broncas y sin matices, las reconoce al instante y juega a adivinar cual vendrá a continuación. Siempre la acierta, y entonces, inevitablemente, también recuerda con qué intención grabó esa cinta. A menudo, cuando salían el sábado por la noche, él y sus amigos tenían la manía de hacer listas. Los cinco mejores trajes de superhéroe, las cinco mejores nove-

131

las de Asimov, las cinco peores películas de Drácula, las cinco actrices más guarras. Esa especie de competiciones les entusiasmaba. Se indignaban con exageración, se embarullaban de tanta cerveza y por las venas les corría la sensación especial de que estaban dando un orden al mundo. A veces, en el coche que les llevaba al último bar, se acaloraban y discutían sobre cuál era la mejor canción para morir en un accidente en la carretera. Como nunca se ponían de acuerdo y gritaban sin parar, el propietario del coche ponía el radiocasete y todos escuchaban en silencio su elección. Así es como Helmut llegó a grabar su cinta.

Cuando conoció a Bàrbara, ese mundo interior fue despoblándose y poco a poco se convirtió en un reducto que Helmut sólo visitaba en horarios convenidos. Por suerte para él, desde entonces los guiones de ciencia-ficción han sido su cordón umbilical, pero nunca ha olvidado la cara de susto de Bàrbara, y su posterior indignación, cuando dentro del coche, mientras iban a todo trapo por la autopista de la costa, él le preguntó por primera vez si tenía una canción preferida para escuchar mientras muriera en un accidente.

No, hoy tampoco le parece una pregunta macabra. Ahora mismo, mientras vuela por la autopista y sigue todos los indicadores que tienen un avión dibujado y se aproxima al aeropuerto, escucha de nuevo esas canciones y le parece que siguen siendo una banda sonora perfecta para las curvas mal peraltadas, para los neumáticos que chirrían, para el frenesí enloquecido con que deja atrás a los otros coches, como en un videojuego.

Un viajero sentado en un banco y con cara de cansado, dos transeúntes despistados, una familia aburrida que espera a alguien, un vendedor de periódicos que habla con una chica uniformada, una pareja de turistas que arrastran una caravana de maletas: todos ellos, figurantes reflejados en el suelo reluciente, se mezclan en una masa informe cuando Helmut entra como una exhalación en el vestíbulo del aeropuerto y va sorteándoles. Al final del slalom llega frente al panel de horarios y descubre que el próximo vuelo hacia Londres sale dentro de dos horas. Sin pensarlo ni un segundo, busca un mostrador de British Airways, compra un billete de ida y vuelta (para cuatro días después) y va a facturar el equipaje. Con la tarjeta de embarque en la mano, respira hondo. Siempre es así en los aeropuertos, ya lo sabe, esa arritmia de movimientos que tan pronto fluye en chorros de adrenalina como los corta, pero hoy le parece más exagerada que nunca. Quieto en el centro del vestíbulo, Helmut intenta recuperar el aliento y se siente desnudo. Para eliminar esa sensación, busca un quiosco y compra un libro de bolsillo, una tarjeta telefónica y un paquete de chocolatinas rellenas de arroz hinchado. Después se sienta en un banco, al lado de un señor que ojea una revista de economía, y comiendo una de las chocolatinas, que en su boca cruje como madera astillada, duda si empezar la novela. Abre el libro y lee la primera frase —«El invierno del año 2055 fue tan monstruosamente frío que las cálidas aguas del río Nilo se helaron de un extremo al otro»—, pero lo cierra de nuevo y, con un gesto trágico, como de folletín, saca la última carta de Cynthia del infierno de la americana.

Es como si el calor viciado de esa habitación infantil lo hubiera incubado toda la noche: esta mañana, cuando ha despertado insólitamente fresco, ha recordado que estos días se celebra en Londres la feria sobre fenómenos paranormales y le ha parecido una buena excusa para escaparse. Relee una vez más la dirección caligrafiada en el remitente del sobre arrugado y pronuncia en voz alta el nombre de la ciudad, como si así pudiera familiarizarse con ese lugar que tiene pensado visitar. «Wolverhampton», dice, y el señor que tiene al lado alza la vista y le interroga con una mirada de desconfianza. Helmut sonríe con una mueca forzada y se guarda de nuevo la carta, luego se levanta y se va hacia la zona de embarque porque le gusta la acogedora frialdad de los duty-free.

Entra en una tienda, al azar, y repasa todas las marcas de ginebra hasta que se da cuenta de que no tienen su preferida. Aunque no la compraría, para practicar inglés busca una vendedora y le pregunta, levantando la voz, si justamente esa ginebra se ha terminado, o si por el contrario tienen más en el almacén, o incluso si tal vez la ausencia de esa marca es una decisión de la gerencia de esa preciosa tienda. En ese momento Estanis pensaría que Helmut es un pedante, pero la vendedora, como no le entiende, le hace señales para que siga buscando y le deja allí plantado. Helmut disimula mirando la hora en el reloj. Todavía faltan cuarenta y cinco minutos para subir al avión, le queda tiempo para hacer las dos llamadas que tenía en mente.

La primera, deberíamos imaginarlo, es para Bàrbara. Helmut calcula que en estos momentos estará en el instituto y podrá dejarle un mensaje. Aun así, por prudencia, mientras realiza la llamada tiene un dedo a punto para apretar el gatillo de la desconexión si ella respondiera de viva voz. El teléfono suena tres veces (el dedo tiembla) y luego salta el contestador. Aunque se trata del mismo mensaje de siempre, Helmut encuentra en la voz de Bàrbara un deje marchito que le hace sentir lástima.

—Hola, soy yo —dice después del bip—. Te llamo desde el aeropuerto. He decidido que me voy a Londres, a la feria de fenómenos paranormales. El viernes estoy de vuelta. Un beso. —Absurdamente, antes de colgar, tiene la sensación de que debe decir algo más—. Ah, estos días he estado visitando a mi padre. Se encuentra bien y te manda recuerdos. Hasta pronto, otro beso.

La segunda llamada va dirigida a su amigo que escribe cuentos. Por una cuestión de afinidades, Helmut necesita compartir con él sus decisiones de última hora, como si contándoselas a alguien perdieran su fondo de disparate. Antes de que empiece a hablar, el amigo le cuenta que ya se olía algo, porque el otro día le llamó Bàrbara preguntándole si sabía dónde estaba, y, por si quiere saberlo, su voz delataba que lo estaba pasando mal. Después escucha la narración detallada de los planes de Helmut, apostrofándola a cada momento —hostia, hostia, hostia— hasta que entra en escena Cynthia Littbarski. El proyecto de ir hasta esa ciudad, como se llame, para encontrarla al cabo de dos décadas le parece tan alocado que enmudece de admiración. Al otro lado del hilo, Helmut también se queda en silencio esperando algún comentario que le anime, un empujoncito final, y el ruido constante del aeropuerto, subrayado por una voz femenina que anuncia un vuelo a Múnich, mata el silencio con un rumor de actividad que él asocia a otros momentos eufóricos de su vida.

—Ya sé lo que va a pasar —sentencia finalmente su amigo, con una solemnidad de profeta—. Irás en tren hasta el pueblo, encontrarás a esa chica y después de tantos años seguirá siendo clavada a Bàrbara, pero sin los defectos, sólo las virtudes. Ya lo veo: te vas a enamorar de ella, os marcharéis a vivir a Londres y será como si te dieran una segunda oportunidad. Es un final redondo. —Hace una pausa y se ríe de sus predicciones—. Si todo eso se cumple, ¿podré quedarme con tu colección de cómics?

En el avión, Helmut mira por la ventanilla y piensa en las palabras de su amigo. En los asientos de atrás, dos niños juegan a encontrar formas en las nubes y descubren una rana. Helmut la busca con la mirada, y cuando la localiza, ya se ha estirado hasta transformarse en un pez, como si quisiera rechazar las teorías de Darwin. Volubles como esas nubes, las predicciones del amigo escritor tan pronto le tientan con su perfección sin fisuras —¿por qué no habrían de cumplirse?— como le dan vergüenza por su aire irreal: si se detiene un segundo en ellas, el sentido común le recuerda que no son más que bobadas. La vida y la ficción van por caminos distintos, se dice entonces, y su amigo es uno de esos escritores que necesitan justificarlo todo, que sólo se sienten a cubierto con los finales redondos, o cíclicos. Si, por ejemplo, en sus historias sale una lagartija, en algún momento va a perder indefectiblemente la cola, tomando esa forma asimétrica de los coches cupé. Aun así, rebobina una vez más las profecías de su amigo, porque le gusta recrearse en ellas, y se siente atrapado por esa combinación de incertidumbre y seguridad, como si Bàrbara y Cynthia, una en cada ala, equilibraran el vuelo del avión —aunque la propia idea ya va mucho más lejos de lo que era capaz de formularse hace tan sólo unas horas.

Ahora el telón de nubes ha desaparecido del todo y el aire es de una transparencia que hace daño a la vista. Allí abajo, como si los reflejara una lente de aumento, los campos labrados de Francia, los ríos que serpean por bosques frondosos o los núcleos de casas, perfilados con tanta nitidez, tienen el aspecto de una maqueta ferroviaria. Observándolos, Helmut vuelve a tener la sensación contradictoria de que toca con los pies en el suelo y, por primera vez desde que vio la foto de Cynthia, piensa en ella de una forma concreta, como en alguien de carne y hueso. Calcula que hoy en día debe de tener unos treinta y tres o treinta y cuatro años, como él, y le resulta difícil imaginarse su aspecto actual porque no puede evitar atribuirle el rostro de Bàrbara. Para huir de esa sensación molesta, intenta volver a la Cynthia Littbarski de trece años, en Mallorca, y empezar de nuevo desde ese punto. Al principio puede imaginarse fácilmente a la niña después del clic de la foto. La percibe paseando por el puerto, o saltando las olas en la playa, o incluso esperando un avión como éste para volver a Londres —apoya la cabeza en el pecho de su madre, bosteza de cansancio y mastica un chicle con desgana—, pero a medida que pasan los años la imagen se difumina de nuevo. Necesitaría más fotografías de ella, piensa entonces, y al momento se da cuenta de que así volvería a caer en el mismo error, que así sólo conseguiría escribir el guión a su gusto. Helmut reacciona levantándose de su asiento y escrutando uno por uno todos los rostros que viajan en el avión: distingue ocho o nueve, por lo menos, que podrían ser una versión corregida de Cynthia, a los quince, veintiséis y treinta y tres años, pero también a los sesenta o a los ochenta, como esa señora del otro lado del pasillo que se ha dormido y no se da cuenta de que un hilo de baba plateado le une la comisura de los labios con la revista que estaba leyendo.

Para quitarse de la cabeza esa galería de impostoras que le rodean, Helmut vuelve a fijarse en el paisaje tras la ventana. Allí abajo, la faja de mar verdosa parece hervir en silencio y su vapor se transforma en densos nubarrones. El avión inicia el descenso y Helmut sonríe porque sabe que bajo esa carpa de tela gris se oculta otra maqueta con campos de críquet, valles mineros y trenes que circulan de una ciudad a otra con una puntualidad llena de orgullo.

¿Y Bàrbara qué, entre tanto? Bàrbara espera. Como una actriz entre bastidores, repasa mentalmente su papel —de fondo le llega la voz un poco histérica del primer actor recitando su monólogo— y espera la palabra convenida para limpiarse la garganta y salir finalmente a escena, maquillada y emperifollada. Así espera Bàrbara, sin perder la paciencia.

Ayer por la tarde, al volver del instituto, escuchó el mensaje de Helmut desde el aeropuerto y ahora por lo menos puede poner un decorado inglés a sus pasos. Se trata de un decorado, además, por el que puede orientarse perfectamente porque tres años atrás, en la primera ocasión en que Helmut fue a la feria de fenómenos paranormales, ella tenía unos días libres en el instituto y le acompañó. Recuerda a los vendedores que rivalizaban en rarezas para atraer a los apasionados como Helmut, recuerda las tiendas de cómics del Soho —esa atmósfera oscura y comprimida, como si en la trastienda todavía se maquinaran atentados anarquistas—, y lo revive todo con un sabor familiar que no es nada nostálgico, quizá porque tampoco le parece peligroso. Ayer la voz de Helmut resonando en el apartamento vacío —como si él, al cabo de los días, le pagara con la misma moneda— la dejó tocada toda la tarde (en el gimnasio, mientras se dedicaba al step, lo justificó diciéndose que era una pequeña capitulación en las guerras de la fidelidad), pero lo cierto es que estos días se encuentra atareada porque tiene que corregir exámenes, y las tonterías de los alumnos, habitualmente aburridas e insufribles, son un refugio ideal para no tener que dar vueltas a la situación.

A ratos, cuando está cansada de corregir, se levanta con cualquier excusa —comer una manzana, fumar un cigarrillo en la terraza, ver las noticias— y al pasar por delante del estudio de Helmut, entra a echar un vistazo. Las paredes recargadas de esa habitación le recuerdan las tiendas de Londres por donde debe rondar Helmut, y eso le gusta. Entonces la actriz repasa una vez más el texto y en voz baja ensaya cambios decisivos.

Una pena se acerca. El tren ha salido de Londres y corre al galope hacia el sur, con la nobleza de un caballo que a la llegada espera ser acariciado. Hace un rato ha dejado atrás los suburbios repintados de grafiti, las fachadas sucias como dientes picados, y ahora atraviesa una pinacoteca de paisajes que muestran toda la gama del catálogo de verdes. De vez en cuando, Helmut se fija en un detalle de esos cuadros y así se distrae de la agitación creciente: un rebaño de ovejas y un perro paciente que sólo ladra cuando pasa el tren, una laguna de aguas mansas donde flota un bombín, uno de esos castillos en la lejanía que siempre alimentan una historia trágica... Cuanto más se concentra en el leve traqueteo del tren, más le gustaría prolongar el trayecto eternamente y no llegar nunca.

A última hora de esta mañana, casi a regañadientes, Helmut se ha dejado tentar y ha tomado un tren que tiene parada en Wolverhampton. Él sabe que era inevitable, por algo ha viajado hasta Londres, pero por alguna razón que no sabría explicar lo ha ido posponiendo hasta hoy. Los dos días anteriores han languidecido en una habitación de hotel de decoración recargada, mientras comía patatas fritas con mayonesa, se distraía con el botín de toda una jornada rebuscando en la feria y, finalmente, hacía zapping para dormirse, pero si lo hubiese pensado dos minutos se habría dado cuenta de que todo eran subterfugios para dilatar la espera. En este momento, a medida que el tren se acerca a su destino —es un viaje de dos horas—, Helmut está llegando a la misma conclusión por otra vía. Siempre que había escuchado episodios de deserción —gente que lo deja todo para irse al otro extremo del mundo—, a veces narrados con un deje de leyenda urbana, o de epitafio, le habían parecido un envidiable ejemplo de audacia, y de carácter, pero ahora que en cierta forma él se ha aventurado, aunque sea de puntillas y provisionalmente, empieza a comprender que todo es un puro artificio —un paso atrás para volver al mismo sitio—, y que al fin y al cabo lo que buscaba no era alejarse de Bàrbara ni acercarse a Cynthia. Lo que en realidad deseaba, se convence a sí mismo, era instalarse en esta tierra de nadie, la levedad de saberse entre dos aguas, el confort transitorio de quien va por la vida en zapatillas.

Cierra los ojos e intenta prolongar inútilmente estos momentos, pero el tren, como tiene que ser, llega puntual a la estación de Wolverhampton y Helmut comprende que ya es hora de bajarse.

Una hiedra cubre la fachada de la casa y disimula las grietas. El taxi se va y Helmut llama al timbre. Una pena se acerca. Cynthia Littbarski está muerta.

La señora que abre la puerta (es la madre, lo sabrá enseguida) escucha desconcertada el nombre de Cynthia y a continuación, en un tono de voz entrenado para parecer sereno, le cuenta que su hija murió hace tres meses en un accidente de coche. Helmut nota que la sangre se le hiela en las venas y esa levedad de hace un momento en el tren, no del todo disipada, se recicla en un vértigo repentino. Azorado, consigue decir que lo siente muchísimo. La madre sonríe para aliviarle y le invita a pasar, pondrá agua en el fuego para un té. Helmut duda un instante, pero la señora insiste con la mirada, por favor.

Entran en la casa y Helmut se adentra en el pasillo con una curiosidad infantil, como si intuyera que va a serle revelado un secreto. Al fondo, en un salón poco iluminado pero acogedor, un señor está sentado en una butaca y ve la televisión sin parpadear, con el mando a distancia en la mano. Helmut le saluda, pero como no recibe respuesta, se fija en las flores del papel pintado que cubre las paredes. Desde la cocina, la madre llama al señor por su nombre, con un deje maternal, y le pide que por favor salude al visitante, un amigo de Cynthia. El señor le mira con ojos inexpresivos y sólo hace que sí con la cabeza, pesadamente. Cuando llega con el juego de té, temblando en la bandeja, la señora le invita a sentarse y le pregunta de qué conocía a Cynthia, por qué ha viajado hasta el pueblo si hacía siglos que ella vivía en Londres. Helmut se sienta en un extremo de un sofá y le cuenta que es la única dirección que tenía, que la conoció muchos años atrás y que hacía tiempo que no tenía noticias suyas.

—Por tu acento —dice la madre en inglés, intrigada—, diría que te conoció cuando estudió en Barcelona, ¿no es cierto?

—Sí, coincidimos en la universidad —se apresura a mentir Helmut para tapar la sorpresa, y después, con un rictus de aflicción sincera, le pregunta qué fue lo que sucedió.

A lo largo de casi dos horas y cuatro tazas de té, la madre reconstruye devotamente la vida de Cynthia, desde la estudiante de arquitectura enamorada del modernismo hasta la mujer separada y sin hijos que un viernes por la noche, volviendo de una cena en las afueras de Londres, empotra su coche contra una rotonda traicionera. De vez en cuando, cuando le falta un dato o quiere aclarar un detalle, se gira instintivamente hacia su marido y le hace una pregunta, pero no espera respuesta alguna. ¿Qué año se fue a Boston? ¿Cómo se llamaba ese bar donde trabajaba cuando era estudiante? ¿Cuantos años hace ya que se separó de Terence? Helmut escucha aturdido ese exceso de información y se da prisa en llenar las lagunas que le han torturado estos días, pero llega un punto en que ya no asimila nada porque todo el tiempo piensa en los tres años que Cynthia vivió en su ciudad. Las posibilidades de que hubieran coincidido en alguna ocasión no son tan remotas, intenta convencerse, pero si trata de representarse los sitios y momentos de la coincidencia, se da cuenta de que ni siquiera es capaz de recordar con exactitud sus propios pasos. ¿Adónde iba entonces? ¿Cómo llenaba los fines de semana?

Para alejarse de este combate inútil pregunta a la madre si puede enseñarle alguna fotografía de Cynthia y entonces ella le invita a subir a la antigua habitación de su hija. A estas alturas, a Helmut le bastaría con una imagen reciente, el resultado final de esa niña de trece años con todas sus incógnitas intactas, y murmura que pronto tendrá que irse, pero la mujer se siente complacida de verdad y casi le arrastra por las escaleras hacia arriba.

La habitación, claro está, es un santuario. Helmut entra en ella con un aire reverencial y no sabría decir si aquello que tiene enfrente es la obra de tres meses de dolor insoportable o de toda una vida de añoranza latente. Los muebles pasados de moda rezuman una melancolía que le aplasta y en la luz escasa del atardecer apenas puede distinguir nada más. La madre se da cuenta, enciende una lámpara de pie y luego anuncia que le va a dejar solo unos minutos. A Helmut le gustaría decir que no hace falta, pero en su interior se lo agradece y, en un gesto de reconocimiento, da una larga mirada a la habitación. Las paredes están llenas de pósters de edificios y encima de la mesa de trabajo hay una exposición de fotos de Cynthia enmarcadas. Helmut las coge una por una y las observa con avidez. Cynthia de trece años en Mallorca, pero en esta ocasión acompañada de su madre (y la correa del perro). Cynthia adolescente, vestida de negro, afterpunk, en una playa azotada por el viento que podría tratarse de Dover. Cynthia a los veinte años, estudiante en Barcelona, que se abraza a un chico frente a la Pedrera y ríe como embrujada: aunque ya no se parece mucho a Bàrbara, Helmut la contempla con un flechazo de vanidad y trata de reconocerse, inútilmente, en el rostro del chico. Cynthia adulta y preciosa que se casa en una ceremonia laica con el tal Terence...

Helmut está tan concentrado en esas facciones adorables que no oye nada. De pronto, sin embargo, escucha una respiración como de ultratumba. Se da la vuelta, asustado. Es el padre de Cynthia, que le traspasa con una mirada febril y después se le acerca vacilante, a dos palmos.

—Tú también te la follabas, ¿verdad? —intenta gritar el hombre con una voz rota—. Todos os la follabais... Iba del uno al otro como una puta barata. —Se echa para atrás para despreciarle de los pies a la cabeza y tiembla—. ¡Qué asco me dais todos!

La madre ha escuchado los gritos y sube corriendo las escaleras. Con un hilillo de voz le pide perdón y se lleva el marido abajo. Ya está a punto la cena, le repite como si fuera una criatura, ya está a punto la cena y ahora enseguida se la dará.

Helmut respira hondo, como si estuviera ahogándose. No tardará ni cinco minutos en irse de esta casa. Bajará las escaleras, de nuevo dirá que lo siente mucho y se despedirá de la madre con un beso forzado. Antes, sin embargo, abre la cartera, saca la foto de Bàrbara vestida de duendecillo, trece años, y la cambia por la foto de Cynthia en Barcelona.

Fuera, en la calle, ha empezado a caer una lluvia fina y convencional. Mientras busca un taxi desesperadamente, piensa que el agua va a desteñir los colores de esas casas y de la gente que vive dentro.

Dos niñas de trece años que parecen gemelas se balancean en dos columpios idénticos. Cuando una va hacia delante, la otra va hacia atrás, y al revés. Gritan y ríen a causa del impulso, y sus movimientos son tan simétricos que da la impresión de que los hubieran ensayado antes. La escena tiene un aire onírico porque una está disfrazada de duendecillo del bosque y la otra va vestida como un pirata: sí, pantalones cortos hasta debajo de la rodilla y un niqui a gruesas rayas blancas y azules. La cámara se acerca a ellas y las dos niñas frenan con los pies. Tosen a causa del polvo que han levantado y se cogen de la mano. La voz en off cuenta que, por increíble que parezca, las dos niñas no son hermanas y se conocieron tan sólo unos días atrás, cuando coincidieron por casualidad en esos columpios de un parque anónimo.

—Yo siempre he tenido la sensación de que vivía en dos sitios al mismo tiempo —dice el duendecillo del bosque. El primer plano descubre unas facciones de persona juiciosa—. No sé por qué, pero a veces me acordaba de cosas que mis padres me decían que eran imposibles, porque yo no las había vivido, pero ahora ya sé lo que ocurría: era ella quien las vivía por mí. —Sonríe inocentemente.

—A mí me sucedía lo mismo —dice entonces la niña pirata—. Lo mejor de vivir así, quiero decir, como si estuvieras en dos sitios diferentes al mismo tiempo, es que si un día una muere, siempre le quedará la vida de la otra. Nuestra suerte es que nunca estamos solas.

Helmut acaba de escribir esta escena en un bloc de notas. Está en el avión que le lleva de vuelta a casa. Antes de salir de Londres se ha decidido a llamar a Bàrbara y con voz cómplice le ha preguntado si podría recogerle en el aeropuerto. Ella, con el mismo tono —el tono que utilizan para las reconciliaciones—, le ha respondido que se muere de ganas. Ahora Helmut vuelve a leer lo que ha escrito. Con un gesto de rabia arranca la hoja y la rompe en mil pedazos. Los deja sobre la mesita plegable y los contempla durante largo rato, como si se tratara de las piezas mezcladas de un rompecabezas. Es una visión amarga, que va acompañada de una sensación de pérdida intensa pero errática, y poco a poco le desata toda la pena que tiene acumulada en su interior. Si no sirven enseguida el almuerzo, romperá a llorar.

Iconos rusos

Cada vez que Silvio Lisboa proyectaba con su amante un encuentro en el hotel Princesa Sofía, a veces incluso durante un fin de semana entero —de viernes tarde a lunes mañana—, él sólo le imponía un requisito: que reservaran siempre la habitación 18 del piso 17. Podríamos pensar que la habitación pulsaba en su interior alguna tecla fetichista, quién sabe si ligada a una actuación memorable en ese escenario, pero no se trataba de eso. Tampoco era una suite temática con decorados romanos, egipcios o del oeste, una de esas estancias que a menudo escogen los que de repente se hacen millonarios con la lotería, ni había dormido allí Maradona —o quizá sí, pero eso no era importante—. Su lujoso baño albergaba un jacuzzi, por supuesto, y lo utilizaban para sus juegos eróticos, sobre todo cuando él pretextaba ante su mujer fines de semana de negocios en países bálticos y tenían mucho tiempo para solazarse, pero el jacuzzi tampoco era un argumento a la hora de escoger siempre la misma habitación.

La amante no se preguntaba nunca cuál debía ser el trasfondo de esa manía, porque aquello que ocurría fuera de la habitación no le interesaba lo más mínimo, pero si dedicaba cinco segundos a pensar en ello, más bien veía el comportamiento de Silvio como una excentricidad de casanova grotesco. De hecho, se podría decir que la amante vivía esa obstinación como una molestia necesaria. Cada vez que llegaba a la habitación, siempre sola y antes que él, la súbita familiaridad de la moqueta que se hundía como césped bajo sus zapatos, por ejemplo, o el cuadro de un perro llorando ante la tumba de su amo, colgado frente a un escritorio, o incluso el escalofrío inesperado de la mininevera, disimulada en un mueble rinconero, la hacían sentir incómoda. Por suerte, la molestia desaparecía tan pronto él llamaba a la puerta y ella abría y él ya tenía preparada su sonrisa de adúltero reincidente (y siempre, además, algún regalo).

Los encuentros en el hotel no eran fáciles de programar porque ambos tenían agendas saturadas de reuniones y secretarias cotillas. Debían fiarse de los mensajes cifrados en el móvil, que los dos se mandaban con una excitación adolescente. A esos encuentros furtivos les llamaban *sex stormings*, y se reían encantados porque su dominio del inglés comercial incluso les permitía hacer juegos de palabras. Era en esos momentos cuando el resultado de sus respectivas ortodoncias brillaba con más esplendor. Un cálculo de los costes de la lencería, los perfumes, las operaciones estéticas y las horas de gimnasio que invertían para rentabilizar esas sesiones habría dado una cifra más alta que el sueldo medio anual de un trabajador del ramo de la hostelería.

El apego de Silvio Lisboa a la habitación 18 del piso 17 hubiera podido explicarse como uno de esos caprichos de persona adinerada —un lujo superfluo, como había dicho él sin mala intención—, pero lo cierto es que tenía un trasfondo entre sentimental y perverso: exactamente desde esa habitación podía divisar su casa, en el barrio de Pedralbes. A veces, cuando habían terminado, se acercaba a la ventana, apartaba las cortinas y simulando que dejaba vagar la vista por el cielo, miraba en dirección a su dúplex. Estaba demasiado lejos para distinguir los rostros con claridad, habrían sido necesarios unos prismáticos, pero sí que podía reconocer el todoterreno de su mujer aparcado en la calle, o entrever si ella tomaba el sol en la terraza, y esa visión aguaba momentáneamente el cóctel de tristeza y mala conciencia que, como una embolia, le acababa de inundar el cerebro.

En alguna ocasión, sin embargo, ver su casa desde allí le resultaba útil para perfeccionar un diálogo burlesco y cínico iniciado antes en la cama como una relajación entre los dos amantes: por ejemplo, cuando llamaba a su mujer desde ese mirador privilegiado, fingiendo que se consumía en la soledad de un hotel ex comunista de Tallin, o de Riga, y su voz salía con un deje plañidero y dócil. A veces tenía que contener la risa e improvisar alguna respuesta cuando su mujer celebraba que la comunicación llegara con tanta nitidez, pese a encontrarse tan lejos, o cuando le preguntaba qué hora era en ese país tan frío.

Los Lisboa vivían en un soleado dúplex de la calle Beltran i Rózpide. Edificios con aspecto de clínica privada, alarmas conectadas las veinticuatro horas del día, jardines demasiado regados donde mueren tortugas olvidadas en invierno. Como la mayoría de las calles situadas junto a la avenida de Pedralbes, Beltran i Rózpide se repartía un vecindario rico y, por lo tanto, ocioso. No era extraño encontrar en cada hogar una biblioteca de libros comprados en los aeropuertos, arte africano o hindú, suscripciones a revistas de hípica, aparatos de gimnasia en antiguas habitaciones de niños. Los Lisboa tenían tres hijos que ya se habían marchado de casa. Silvio Lisboa se dedicaba a hacer negocios hasta muy tarde y, como por el momento no llegaban los nietos, su mujer Marcia se buscaba distracciones elitistas. Cursos de *feng shui*, sesiones de reflexoterapia, visitas a tiendas de muebles coloniales con su hija mayor. En las largas tardes de invierno, su principal preocupación era que el sol menopáusico que conseguía entrar por los amplios ventanales no la pillara sola en casa (porque la asistenta boliviana no contaba), por eso no volvía a casa hasta que oscurecía, pasadas las siete.

A esa hora, la asistenta (Mariela), que había empezado a trabajar a las ocho de la mañana, estaba sentada en la cocina esperando a que se abriera la puerta para quitarse el uniforme y despedirse de la señora hasta mañana. Después se iba a su casa, en Collblanc, o a encontrarse con su novio en algún bar con nombre gallego del Paral·lel. Sentada en el autobús que la alejaba de los barrios altos, dejando atrás calles poco transitadas y viejos paseados por perros, siempre dedicaba cinco minutos a pensar en los señores, como una fase de descompresión. Recordaba los indicios que había reunido durante el día, atareada en la casa, y sacaba un sinfín de conclusiones que la distraían por su carácter folletinesco. Hubiera asegurado, por ejemplo, que el señor tenía una amante que le pautaba los viajes, porque era ella quien después, cuando volvía, le deshacía la maleta y le lavaba los bóxers apergaminados. O también que cada dos o tres meses la señora se inventaba dolores lumbares (psicosomáticos) para poder visitar a un osteópata que la trataba muy pero que muy bien: según ella tenía unas manos de seda, pero los tubos de pastillas y pomadas seguían siempre sin estrenar cuando Mariela quitaba el polvo del botiquín familiar.

A pesar de todo, quién sabe si por alguna razón genética, el matrimonio Lisboa había aprendido a convivir con las sospechas de infidelidad, como si se tratara de un pequeño defecto de creación que acaba convirtiendo la pieza en un ejemplar único y codiciado por todo el mundo. Puede que muy adentro se concibiera alguna forma de desesperación, pero por el momento no hacía metástasis. Ninguna de las amigas con quienes Marcia iba al gimnasio hubiera narrado un ataque de desconsuelo, de lágrimas mezcladas con gotas de sudor en la sauna; ninguno de los amigos con quienes Silvio jugaba al tenis hubiera recordado un partido en que sus *drives* fuesen demasiado largos, o en que a la hora de contar los puntos estuviera ausente y se hiciera un lío. Esa impostura tan virtuosa y equilibrada se podría resumir en una situación: cuando su hija pequeña les llamaba desde Minnesota, donde daba clases en la universidad, hablaba con cada uno de ellos sin que cayeran nunca en contradicciones. Silvio y Marcia discutían muy poco, casi siempre por tonterías, y los reproches les salían sin fuerza y atenuados por la desidia.

Los Lisboa, pues, sabían representar las formas de la felicidad y sus movimientos eran tan previsibles que habría sido mejor hurgar en otra vida —la de la asistenta Mariela, por ejemplo—, pero entonces un episodio lamentable perturbó su existencia. De acuerdo, «perturbar» es un verbo demasiado contundente para definir las intrigas que se vivieron durante esas semanas en el dúplex, pero la gente como los Lisboa, para hacerse la vida más apasionante, no duda en refugiarse en un vocabulario excesivo. Como en un vodevil de provincias, los hechos que sacudieron el dúplex de la calle Beltran i Rózpide empezaron con una llamada de teléfono. Fue la asistenta Mariela quien respondió esa primera vez, pero el protagonismo recayó sobre todo en Marcia, cuya vida divina se torció hasta el punto de arrastrarla al «pozo sin fondo» de una «depresión de caballo» (eran las palabras exageradas de su hija mayor, que tenía con Marcia una relación casi de hermana).

La amante de Silvio Lisboa tenía treinta y ocho años, un hijo y dos versiones de su tarjeta profesional: en una, entre el nombre y la dirección de su estudio de diseño, figuraba como interiorista, y en la otra, como decoradora. Esta sutil administración de los sinónimos resumía su éxito, ya que tanto podía proponer el nuevo tapizado de un sofá con telas inglesas para un salón de Sant Gervasi (decoradora) como aconsejar la compra de una lámpara de lava muy *sixties* para crear atmósfera en un loft del Poblenou (interiorista). Visitaba las casas de los clientes y según lo que veía en las paredes daba una tarjeta u otra. Un vayreda quería decir decoradora; un pericopastor, interiorista. Marcia siempre había oído hablar de ella como decoradora (citada por las amigas, en catálogos de muebles, en la televisión), mientras que Silvio la había conocido como interiorista. Para celebrar los veinte años de existencia de su empresa, Silvio y su socio habían decidido rediseñar las oficinas —«futurizar la imagen», decían haciendo el gesto de comillas con dos dedos de cada mano—, y la interiorista era en esos momentos el nombre que salía en todas las conversaciones y revistas especializadas. Luego, durante una comida de trabajo en la que el socio había fallado a última hora, los dos se habían conocido mejor. A ella le había gustado su destreza para disponer en el plato las cabezas de gamba ya chupadas, «de una forma, no sé, de una forma tan zen». Él había quedado hechizado por su mirada ligeramente estrábica, dos milímetros de desviación que concentraban una mezcla de poder y misterio «muy no sé, como muy seductora, ¿no?». La mano caliente de él reposando sobre el brazo de ella durante diez eternos segundos, al despedirse, y una serie de mensajes en el móvil, divertidos y cada vez más íntimos y ordinarios (incluyendo cabezas de gamba chupadas), habían creado la infraestructura necesaria: después de la segunda comida de trabajo, en un restaurante japonés que había diseñado ella misma, ya habían terminado en el Princesa Sofía.

Cuando Marcia atendió esa llamada que la reclamaba desesperadamente, la mañana inaugural de los hechos, Silvio Lisboa y su amante llevaban un año viéndose en secreto, una media de tres veces al mes (y cinco días de cada treinta). A lo largo de esos doce meses ambos habían hecho un máster en la técnica de compensar los riesgos, tanto emocionales como familiares, y eran precisamente los malabarismos del calendario lo que seguía convirtiendo sus encuentros en un deporte de aventura. Acaso un detalle reciente, nada más, descompensaba la relación: en las tres últimas ocasiones en que se habían visto, tras la despedida la amante había bajado a la sala de hidromasaje del hotel, que era su coartada, con la impresión de que ella y Silvio hablaban poco. O de que, por lo menos, ahora había más silencios que al principio. No, ella no buscaba ningún compromiso, de ninguna forma, ni se había enamorado, pero en el agua en erupción de la piscina termal, mientras las burbujas le relajaban y reconstituían el cuerpo magullado, se daba cuenta de que su historia se había vuelto demasiado austera, demasiado nórdica, como si realmente fueran dos extraños que se hubiesen conocido una hora antes en el comedor estucado de un hotel de Tallin, o de Riga. Luego, para neutralizar esa sensación que la desarmaba, rebobinaba maquinalmente la película del encuentro, dieciséis pisos más arriba, y al verle de nuevo levantarse con el cigarrillo compartido en los labios y mirando por la ventana con ese gesto melancólico (mientras el humo se elevaba peligrosamente hacia el detector de incendios), comprendía de pronto que no sabía nada de él. Entonces cerraba los ojos y, estimulada por el punto de ingravidez que le daba el agua cálida, cavilaba cómo hallar la solución.

La llamada para Marcia de ese mediodía no era de la amante (aún estaban a años luz del drama), o no directamente. Quien llamó era una chica del suplemento dominical de un periódico. Con una voz risueña (Marcia se la imaginó yendo en bici al trabajo y absteniéndose de tomar drogas), le contó que la interiorista (la amante) que colaboraba con ellos les había hablado de su dúplex, y se preguntaban si la señora tendría inconveniente alguno en que el magacín dedicara un reportaje fotográfico a su casa. La interiorista, por supuesto, escribiría el texto.

¿Inconveniente alguno? Al contrario. Marcia conocía la carrera de la decoradora y la adoraba. Lo que había conseguido con el despacho de su marido, por ejemplo: era «u-na-ma-ra-vi-lla», lo había «rejuvenecido» (santa inocencia). Ante la propuesta tuvo que reprimir un alarido de alegría que por teléfono habría sonado demasiado infantil y a continuación, intentando disimular, la aceptó de forma desganada, como si ya estuviera acostumbrada. Después fijó un día, al cabo de una semana, para que el fotógrafo del suplemento y la interiorista visitaran su hogar y acabasen de dar el visto bueno al reportaje —al dúplex.

Según la hija mayor, la pobre Marcia llevaba años esperando esa llamada, años ojeando los reportajes del dominical y preguntándose qué tenían esas casas, chalets, áticos o suites de hotel que no tuviera su dúplex. Los domingos a mediodía, después de leer con escepticismo los consejos sexuales de una doctora francesa, repasaba las fotografías de esas cocinas, jardines y salones y se dedicaba a detectar sus puntos débiles para consolarse. Como si jugara a encontrar las siete diferencias, descubría jarrones llenos de espirales de pasta multicolor para adornar (tan vulgares), muebles para montar en casa que salían en el catálogo de Ikea (¡de Ikea!), botellas de Cynar casi vacías en los muebles bar. A medida que apuntaba mentalmente todos esos defectos, la invadía una desdicha que la hacía sentirse indefensa, y como último recurso le rogaba a Silvio que le preparara inmediatamente un dry martini hecho con ginebra inglesa, como tenía que ser, porque así se olvidaba de que la vida era injusta. Si hubiera tenido una lupa a mano, se habría vuelto loca.

Sin embargo, con la buena noticia, todo ese memorial de rencores se disipó sin más, y al colgar el teléfono Marcia soltó (ahora sí) el alarido infantil y ridículo que había ahogado un minuto antes. Al instante los nervios empezaron a colonizar su cuerpo, ramificándose a toda prisa para que no quedara ni un rincón inexplorado y sin tensar. No habían pasado ni dos minutos cuando Mariela, que había escuchado el aullido y la buscaba por toda la casa, la encontró sentada en la cama y paralizada: el teléfono en una mano, el rostro contraído por una sonrisa helada y la cabeza a punto de estallar porque no conseguía decidir a qué amiga íntima llamaba primero, o si era mejor mantenerlo en secreto y esperar a que se toparan todas con el reportaje, el gran domingo en que saldría publicado.

Para desbloquearla, Mariela le preparó una taza de mate de coca boliviano muy cargado con dos aspirinas disueltas. Esa primera dosis fue tan revitalizadora que a lo largo de la semana se convirtió en el único alimento que probaría la señora. Siempre llevaba un termo de la pócima en su bolsa y la bebía a todas horas, porque estaba tan estresada que era incapaz de tragar nada sólido.

Durante esos siete días, que cayeron uno a uno con el dramatismo de una cuenta atrás, Marcia y su hija mayor consagraron una cantidad inhumana de horas a organizar el dúplex para su presentación en sociedad. En el todoterreno, yendo de una tienda a la otra, hablaban de él como si se tratara de una criatura a punto de desflorar. Sobre todo, que se vea un hogar acogedor pero no muy cargado. Natural, ni demasiado serio ni demasiado ordinario, natural. Que en el reportaje no salga la dirección exacta, porque al día siguiente ya tenemos a los cacos en casa. En la cocina debería haber un bol de cereales sobre la mesa, que da vida. Y tenemos que esconder las copas y medallas de tenis de tu padre. Se daban aliento la una a la otra y no tenían control. Aconsejadas por una bibliografía de catálogos y revistas de papel cuché, encargaron ramos de flores exóticas que combinaran con los colores de las velas aromáticas. Compraron libros de arte contemporáneo para dejarlos encima de la mesa de centro, frente al sofá. Buscaron una reproducción de Roy Lichtenstein (y pronunciaban el nombre como si se tratara del país) que diera un aire pop al baño. En pleno frenesí consumista, llegaron a comprar un libro de invitados para ponerlo en la entrada. Tenía las cubiertas revestidas en seda fucsia, con la palabra *Guestbook* bordada en rojo, y se suponía que antes de irse, los amigos invitados a cenar tenían que escribir algo en sus páginas. A poder ser, divertido o sentimental.

Silvio estaba tan acostumbrado a la voz monótona de Marcia contándole sus fantasías durante la cena (un diálogo de consomés y crudités), que el asunto del reportaje en el suplemento le pareció uno de sus habituales pasatiempos soporíferos, como las subastas benéficas o las exhibiciones de nuevos productos cosméticos que a menudo le relataba sin ninguna gracia. Abstraído en sus asuntos, incluso dudó durante un segundo si el dúplex no había salido ya una vez en una revista (pero no, se confundía con el caserío de la Cerdaña de su socio), y sólo cuando Marcia pronunció el nombre de la decoradora (la interiorista) se le despertó la curiosidad. Como un carnívoro atraído por una pieza más suculenta, alzó la mirada de su plato y, disimulando su sorpresa, se interesó sinceramente por la cuestión (reproduciendo un gesto de las manos que también hacía en las reuniones de trabajo). A diferencia de lo que siempre había temido, halló cierto placer en escuchar ese nombre en boca de su mujer, y la maniobra de la amante le pareció deliciosamente maquiavélica. Peor para él, si el casanova ajado se imponía al negociante astuto.

Media hora más tarde, Silvio salió a la terraza del dúplex. Mientras se tomaba un café en soledad, sin encender la luz y con ese porte altivo de quien se pasea por la cubierta de primera clase de un transatlántico, mandó un mensaje al móvil de su amante. «¿Para cuándo un reportaje de la

18?», escribió después de pensar un buen rato cómo darle a entender que estaba de su parte. Esperando su respuesta, se distrajo contando los pisos del Princesa Sofía, como otro buque que flotara allí enfrente, y después buscó la ventana que hacía al caso. Estaba iluminada y se imaginó que él y su amante se encontraban en ese momento en la cama de la habitación 18, escribiendo juntos un mensaje pornográfico en el móvil. La respuesta de verdad llegó al cabo de cinco minutos, anunciada por tres acordes electrónicos de Vivaldi, y era un poco más sutil. Decía «Título: *Don't Disturb*», y en esas palabras Silvio tan sólo supo hallar la complicidad de los amantes que gozan del riesgo. Sí, peor para él.

Sin embargo, cuanto más se acercaba el día señalado, de puertas adentro esa sensación de juego perverso fue matizándose y a ratos, en su despacho, el instigador cómplice se sorprendía temiendo algún movimiento traidor por parte de ella. Entonces se decía a sí mismo que le dedicaba más minutos de lo necesario, que no eran más que imaginaciones suyas, y para recuperarse pensaba en su socio. Él sí estaba viviendo una temporada amarga: acababa de dejarle una gatita de veintidós años y humoradas adolescentes a quien habían bastado siete meses para desmantelar su vida y arrastrarle hacia la falsa comodidad de un aparthotel que olía a desinfectante. Separado con demasiada premura, ahora tenía que enfrentarse a un niágara de llantos insospechadamente sinceros y a una reconciliación con su mujer de toda la vida pactada en los tribunales.

La agonía del socio le calmaba y le mostraba que su situación no era tan trágica, pero aun así, cuando volvía a casa por la noche, cada vez más tarde esa semana, Silvio abría la puerta con una mezcla de miedo y estupefacción. Se quitaba la americana y la corbata, se paseaba por el dúplex y mientras descubría poco a poco todas las transformaciones que le había deparado la jornada, calculaba por cuánto le saldría la broma. Siempre se quedaba corto y Marcia, que

155

con los años había aprendido a leerle el pensamiento, le suplicaba con voz cansada que por favor se lo tomara como una oportunidad única de renovar la casa. «Como Barcelona y los Juegos olímpicos», le decía desde la cama, hojeando catálogos de última hora mientras una nueva idea le daba vueltas en la cabeza: por ejemplo, que su hijo, que era veterinario, les prestara algún perro con pedigrí —uno de esos grandullones, peludos y pacíficos— para el día de las fotografías.

Al final no hubo ningún perro de apariencia bonachona, ni siquiera un gato siamés reposando sobre un edredón de plumas, porque el hijo veterinario de los Lisboa, que era el inconformista de la familia, no se prestó al juego. En esos días tampoco hubo ningún encuentro en el Princesa Sofía. Los móviles no falsearon a Vivaldi, las agendas no fueron contrastadas y Silvio lo superó encomendándose sin recelo a los deseos de su amante. Le gustaba ver todo aquello como una inversión para el placer futuro en la habitación 18, y se le hacía la boca agua.

Entre tanto, a primera hora de la tarde del día convenido, la decoradora, interiorista y amante —una santísima trinidad— llegó acompañada del fotógrafo del suplemento dominical. Mariela les abrió la puerta y antes de hacerse invisible les acompañó al salón, donde Marcia y su hija mayor les esperaban sentadas en el sofá, posando con una naturalidad de cartón piedra y simulando que las habían sorprendido en medio de una conversación interesantísima. Al lado del fotógrafo, que llevaba una camisa caqui de camuflaje, barba de tres días y más bien tenía el aspecto de un corresponsal de guerra, la decoradora les pareció de inmediato una diosa del buen gusto. Marcia quedó tan deslumbrada por su superestilo que sintió un leve flechazo lésbico en el estómago. En cuanto a su hija mayor, cuando se dieron dos besos de bienvenida, notó en las mejillas la turgencia de sus labios implantados —sin duda Soft-Form® y no un colágeno vulgar, sin duda— y ese detalle desequilibró una balanza en su interior que llevaba meses bailando indecisa: uno de estos días, por fin, ella también llamaría para pedir una cita al cirujano.

Aunque se había mentalizado para encontrarse con Silvio, la amante se relajó al comprobar que no estaba en casa ni tenía previsto llegar pronto. Marcia se excusó de paso, con el tono aliviado de quien ha podido esquivar un estorbo, y propuso que empezaran enseguida, estaba impaciente. A lo largo de una hora, pues, se pasearon por las estancias con esa formalidad rígida de las visitas oficiales. Marcia se adelantaba al grupo y hablaba como si estuviera mostrando las piezas de una exposición a las autoridades, y la hija mayor asentía en segundo término. De vez en cuando, el fotógrafo se separaba unos metros, se agachaba o contorsionaba para buscar un buen encuadre con la cámara y luego, mirando a la interiorista, asentía en silencio.

Superados los nervios iniciales, ahora la interiorista dominaba la situación con ese *savoir faire* que la había lanzado a la fama. Antes de salir de cada habitación, se apoyaba en el marco de la puerta durante un minuto, abría una pequeña libreta de cubiertas chillonas y hacía un croquis o tomaba notas; después levantaba la vista, miraba a Marcia y a la hija y les lanzaba un elogio para que lo atraparan al vuelo. Esa sobriedad primitiva de las alfombras iraníes dialogando con los cuatro iconos rusos (¿eran auténticos, verdad? Sí, sí, por supuesto). Ese contraste juguetón del ónice verde del baño con la reproducción de Lichtenstein (¿o era de Warhol? No, no, era de Lichtenstein). Esa esquina árabe del salón, con los almohadones en el suelo, los velos transparentes, el juego de té historiado, la mesa dorada, qué sé yo.

Un cronista de la fama, uno de esos espíritus volubles y afectados, se habría zambullido a gusto en la superficial armonía de esas vidas y esas habitaciones, tan limpias y blancas e intocadas como una mascarilla exfoliante, pero adiestrado en intuir las intrigas subterráneas, puede que todavía hubiera disfrutado más buscando restos bajo la piel castigada, excavando en los valles surcados por litros de lágrimas y tempestades de nervios (tal como habría dicho él). Si la interiorista y la decoradora eran capaces de descubrir en todos los aposentos una composición visual digna del suplemento, era sólo porque la amante, desde muy adentro, reclamaba el negativo de la foto para interpretarlo: esas habitaciones, con sus juegos de luces y sombras tan calculados y los colores en combinación tal y como marcaban las últimas tendencias del diseño, a sus ojos se convertían en una penumbra fría y uniforme, un magma de grises, y así, víctima de ese espejismo morboso, la amante se convencía cada vez más, sin vergüenza ni pudor, de que era ella quien daba color a la vida de Silvio. Peor para ella, también.

Peor para ella porque entonces, cuando ya habían puesto fin al recorrido por el dúplex —el éxito se respiraba en el ambiente—, Marcia les invitó a merendar en la terraza, donde Mariela ya había servido té, café y pastas. Salieron al exterior, pues. Eran las seis de la tarde de un día de mediados de septiembre y el sol ya no quemaba. Como sabía que madre e hija la estaban observando, la interiorista se acercó a la barandilla, respiró hondo y proclamó que esa terraza valía un imperio. Desde el interior de la interiorista, la amante tuvo un ataque de celos y le respondió imaginándose un crucero por el Mediterráneo con Silvio. Una brisa agradable le acarició el pelo y luego, para dar cuerpo a la fantasía, dejó vagar lentamente la mirada por el horizonte.

El horizonte del dúplex era una Barcelona áurea y polvorienta que se disolvía en contacto con un cielo caliginoso. Bajando desde la derecha, observó los edificios de la zona universitaria y siguió la línea verde de los árboles de la Diagonal. Avistó el cemento gris del estadio del FC Barcelona, levantándose al fondo como la mole de un islote abandonado, y más cerca el tanatorio de Las Corts. Entonces la mirada se desplazó hacia los tonos blanquecinos y desganados del Princesa Sofía, allí enfrente, tan cerca, y antes incluso de que dedujera o entendiera nada, como una broma de mal gusto, el sol oblicuo de la tarde se reflejó en una de las ventanas del hotel, rebotando en el cristal, y la deslumbró con rabia. La amante se dio la vuelta bruscamente, cerrando los ojos, y cuando los abrió de nuevo contempló al fotógrafo, Marcia y su hija sentados a la mesa, merendando y con una cándida sonrisa en los labios. De pronto, ese cuadro imprevisto se revistió de un sabor tan familiar, tan inequívocamente humano y tierno y reconfortante, que ya no necesitó más información.

Con gestos histéricos rebuscó en la bolsa, sacó unas gafas oscuras y se las puso. Balbuceó una excusa poco creíble, se despidió sin besos y se hizo acompañar a la salida por la asistenta Mariela. Atónitas, petrificadas, madre e hija sólo estuvieron a tiempo de decirle un adiós demasiado neutro y con ojos de desesperación interrogaron al fotógrafo (cuya barba estaba nevada de azúcar en polvo de una ensaimada), pero él se encogió de hombros y siguió comiendo. En el otro extremo del dúplex, la amante ya estaba a punto de salir cuando, desde dentro, la interiorista la detuvo en seco. Le mandó abrir el libro fucsia de los invitados, que reposaba encima de un atril ad hoc, y le dictó un par de frases para que estrenara la página en blanco. La amante escribió la sentencia con un trazo rápido y cargado de mal genio.

—Iconos rusos —responde Mariela. Es un domingo por la tarde, los señores no están y su novio acaba de preguntarle por las manchas blancas en la pared del salón—. Antes había colgados ahí cuatro iconos rusos, pero no hace mucho la señora se aburrió de ellos y los hizo desaparecer. Estarán en algún armario.

Todavía hoy, cinco semanas después, la silueta sombreada de cuatro iconos rusos que durante años habían colgado en la pared del salón es la única huella visible del desastre: sin tener culpa alguna, ellos han pagado los platos rotos. Hasta el momento, los Lisboa se han mantenido en un estado semivegetativo y no han mostrado signos de vida más allá de la rutina. De no ser por Mariela, que quita el polvo y abre las ventanas todos los días para que entre un poco de aire, la atmósfera se hubiera enrarecido más y más y los Lisboa transitarían por su casa como fantasmas deprimidos. Son las secuelas de ese destello de sol inoportuno en la terraza del dúplex.

La noche del día señalado, al llegar a casa, Silvio se encontró con una Marcia y una hija mayor desconcertadas, que no sabían si estar molestas o agradecidas con la decoradora. Hundida en el sofá, con el rostro disecado por un rictus de aprensión, Marcia contemplaba las paredes del salón espacioso como un pabellón principesco y se preguntaba si tamaño esfuerzo tendría alguna recompensa. Esa huida de última hora, tan inexplicable, les había aniquilado la euforia. Silvio, tú que la conociste cuando reformó el despacho, ¿entonces también se comportaba así la interiorista? Sí, podía ser encantadora, pero estaba tocada por el mal genio de los genios, se inventaba él, y mientras la protegía ya se moría por verla cuanto antes mejor, para reírse juntos de toda aquella farsa.

La amante no le hizo esperar mucho tiempo, porque se encontraron al día siguiente. El mensaje de ella en el móvil, corto y seco, llegó de madrugada como las malas noticias, pero en esa frialdad a la hora de convocarle él prefirió distinguir un nuevo impulso erótico. Peor para él, una vez más. Al mediodía, cuando abrió la puerta de la habitación

160

18 del piso 17 y entró, siguiendo los rituales acostumbrados (tres golpes de aviso, la corbata aflojada, un regalo oculto bajo la chaqueta), se encontró con la amante que fumaba y miraba por la ventana, las cortinas corridas bruscamente a un lado. De espaldas en el contraluz y sin darse la vuelta, antes de que él abriera la boca, ella empezó a describirle todo lo que veía. En una panorámica vertiginosa, le detalló las limusinas aparcadas al pie del hotel, los árboles sin hojas, los peatones apresurados (le rogó que por favor no la interrumpiera) y, al otro lado de la Diagonal, los que hacían footing, los edificios discretamente suntuosos, con aspecto de Titanic varado y coronados por terrazas exuberantes y jardines en miniatura (le pidió de nuevo que esperara, enseguida vería adónde quería ir a parar). Se centró entonces en la terraza de uno de los dúplex, y le contó que podía distinguir ahí a un hombre solo; era una imagen imprecisa, pero desde el hotel parecía un hombre envejecido y se diría que miraba fijamente y con nostalgia hacia esa misma ventana (con la mano saludó irónicamente a la nada, y Silvio sonrió nervioso). Ese hombre tenía cara de sufrimiento, continuó, y parecía buscar alguna especie de alivio en la contemplación del hotel. Quizá se debía a que durante una breve temporada él también había visitado a menudo esa habitación 18, como si le gustara viajar en la proa y la popa del mismo barco, pero ahora esos encuentros no eran para él más que un recuerdo borroso, un punto que desaparecía en el horizonte. Porque el día en que su amante se lo había pedido, ese hombre se había marchado y nunca más había vuelto a verla. Exactamente igual que él, Silvio, iba a hacer en unos momentos. Así, sin más.

Las palabras de la ex amante cayeron entre los dos con una frialdad ártica. Silvio le hizo caso y se fue sin decir palabra. Anestesiado por el orgullo, sin embargo, pasó las horas siguientes en el despacho intentando convencerse de que aquello era un mal paso fácilmente superable, que estaba preparado para ello, pero no conseguía concentrarse en su trabajo. Al atardecer notó que el dolor empezaba a despertar de nuevo y cuando llegó a casa, como un analgésico, regaló a Marcia el pañuelo de Hermès que había comprado para la ex amante en el vestíbulo del hotel. Su mujer entendió el detalle como una muestra retardada de solidaridad familiar; en cambio, para Silvio la acción tenía más bien un efecto preventivo, porque después del desenlace de ese mediodía en el hotel, y conociendo cómo las gastaba su ex amante, daba por hecho que no habría reportaje en el dominical. Al final del pasillo, latiendo bajo la cubierta fucsia del libro de invitados, el oráculo aún no interpretado le daba la razón.

Marcia descubrió la sentencia al cabo de dos días de insomnios y angustias. Una mañana vagaba desanimada por el dúplex, como si pasara revista a los heridos de un campo de batalla, y abrió por inercia el libro de invitados. A primera vista reconoció la caligrafía estirada de la decoradora (los signos garabateados con violencia parecían el cardiograma de un ataque al corazón), pero no entendió una palabra. Se sentó en el sofá y acercándose más el libro a los ojos, empezó a discernir alguna sílaba. Fue una decisión infernal, porque entonces la imaginación deshacía los nudos, pulía las aristas de las letras y ella leía lo que le daba la gana. Ora tejía una frase tan elogiosa que la ruborizaba y un minuto después se horrorizaba interpretando una sarta de insultos injustificados. Si hubiera tenido una lupa a mano, se habría vuelto loca, pero con ese método poco le faltó. Quiso llamar por teléfono a su hija mayor, por si se le ocurría alguna solución, pero recordó que no estaba en casa porque esa misma tarde ella y su marido iniciaban los trámites para adoptar un bebé peruano.

Silvio volvió más pronto que de costumbre, arrastrando los pies y como abatido por los efectos de la nueva vida descompensada (abajo, en la entrada, se había cruzado con Mariela que se iba y no la había reconocido). Su socio, quien lo había encontrado en su despacho ensimismado y releyendo una y otra vez los mensajes de su ex amante que guardaba en el móvil, le había aconsejado que se lo tomara con calma, una cuarentena necesaria, y le había mandado a casa con el nombre de un complejo vitamínico apuntado en un post-it amarillo (hablaba por propia experiencia). Marcia interpretó esa nueva debilidad de su marido como otro síntoma de unidad familiar, y se sintió íntimamente reconfortada, por eso le enseñó las dos frases manuscritas en el libro de invitados.

De pronto Silvio comprendió que nunca se había fijado en la letra de su ex amante, y aquello cayó como un torpedo en su centro de gravedad. Después leyó para sí lo que le parecía intuir (nuevo torpedo), pero en voz alta intentó elaborar una versión diferente para su mujer. Sí, se arriesgó, él diría que hablaba del reportaje. La primera frase empezaba con un «No», de eso no había duda (Marcia asintió), pero desgraciadamente era muy difícil encontrar algún fragmento inteligible de la continuación, todos esos signos parecían un trigal torcido por el viento hacia la derecha (porque la ex amante era zurda). A ver..., Marcia seguía mirando el texto estupefacta, pero ahora, de lado, le pareció que entendía algo más. ¿No eran aquéllos los números 17 y 18? Claro que sí. Silvio supo reaccionar con rapidez y comentó que debía de tratarse del fin de semana en que tenía que salir publicado el reportaje, quién sabe, y por puro instinto alejó el libro del alcance de Marcia, pero ella examinó el texto boca abajo.

Silvio se encontró de repente en un callejón sin salida y empezó a sudar. Él nunca sudaba, ni siquiera cuando jugaba al tenis, y era una sensación muy desagradable. Se angustió aún más. Pero en este mundo siempre ha habido gente con suerte y gente generosa que aparece incluso cuando no ha sido requerida, y en ese preciso instante, a pocos kilómetros del dúplex, una chica generosa marcó un número de teléfono y preguntó por Marcia Lisboa. A Silvio, que había respondido a la llamada, le bastó escuchar esa voz juvenil para atar cabos, y respirando aliviado pasó el auricular a Marcia. Se trataba de la redactora del suplemento, por supuesto, y con el mismo tono alegre y despreocupado de siempre, como si nada sucediera, expuso a la señora Lisboa que finalmente habían desestimado el reportaje «por causas técnicas». Causas técnicas, ése era el eufemismo que había escogido la interiorista. Marcia no reaccionó ante la negativa y, sin decir palabra, por culpa de una bajada de tensión, se desmayó en el sofá como una heroína desdichada de Jane Austen.

Antes de reanimarla con un par de cachetes, Silvio cogió de nuevo el auricular y se despidió de la redactora dándole las gracias por todo, muy sinceramente.

Marcia pasó del sofá a la cama en un estado de semiinconsciencia. Se reanimó tan sólo unos segundos para subir las escaleras del salón al dormitorio como un alma en pena, agarrada a Silvio, y tan pronto como él la hubo desvestido y metido en la cama, ella prolongó el desmayo con un sueño derrotado. A la mañana siguiente, cuando Mariela la despertó llevándole un bol de mate de coca con dos aspirinas disueltas, emergió del sueño con esa manía enfermiza: la culpa de todo la tenían esos iconos rusos. Un psicoanalista que hubiera hurgado en lo que soñó esa noche habría tenido que hacer malabarismos para relacionarlos con una obsesión tan arbitraria, y probablemente habría terminado asociándolo con un juego de muñecas rusas que la Marcia de seis años había perdido en la hacienda de la pampa argentina donde nació; nuestro cronista de la fama se hubiera detenido más cerca en el tiempo y lo habría vinculado (con una satisfacción pícara) a los hechos que desencadenaron después, como si causa y consecuencias se confundieran.

Vestida sólo con un negligé, antes incluso de desayunar, esa mañana Marcia bajó al salón para observar de cerca los iconos. Pese a que se trataba de una pura ilusión, al contemplarlos de nuevo le pareció revivir la cara de asco que había puesto la decoradora ante esos cuatro pedazos de madera envejecida, revivió sus dudas y de qué forma ella misma había experimentado entonces un ataque de mal gusto, casi como si se encontraran frente a uno de esos falsos escudos de armas que adornan la segunda residencia de muchas familias. Silvio había comprado los iconos en el mercado negro de San Petersburgo, durante un viaje de negocios, y había sido una operación arriesgada, de miles de dólares. Quizá por esa razón al principio ella también había admirado incondicionalmente esas figuras hieráticas, el oro deslucido por los siglos, el misterio de los caracteres cirílicos, pero ahora ese nuevo examen le había quitado la venda de los ojos. Los cuatro iconos rusos podían ser muy valiosos, y caros, pero eran una antigualla, un anacronismo que no pegaba para nada con la *chaise longue* de Le Corbusier, por ejemplo, o con los ikebanas traídos de Japón que vestían las paredes del pasillo (los cursos de *feng shui* daban resultado). Aparte de que hacían pensar inequívocamente en expoliaciones y saqueadores: policías vestidos de calle, en algún lugar a las afueras de Moscú, debían de rastrear inútilmente las dachas de veraneo de los nuevos ricos.

La presencia maligna de los iconos la acompañó toda la mañana, como una amenaza. Una mancha de café en el mármol de la cocina le recordaba de pronto el ojo triste de un arcángel, y el sol del mediodía, que entraba radiante por la ventana, dibujaba una corona de purpurina santa encima de los objetos que bañaba. Dicho estado de ánimo se desbordó sin aviso a primera hora de la tarde, al maquillarse para ir al osteópata de las manos de seda (visita de urgencia). Sentada frente al espejo, con el pincel en la mano, Marcia escrutó su rostro demacrado y entonces se sintió terriblemente fea y vieja, un pedazo de tabla despintada y medio podrida, y ya no tuvo coraje de salir de su casa (la secretaria del osteópata, entre tanto, acogió su renuncia con una preocupación hipócrita).

La depresión llamó a su puerta, por decirlo con el desafortunado título de un libro que poco después le regaló su hija mayor, un día en que el matrimonio fue a cenar. En la página 35 se leía, encabezando un capítulo: «Si tu vida se ha vuelto vieja, restáurala.» Marcia se lo tomó al pie de la letra, y por vez primera en una semana se levantó de la cama para poner en marcha dos determinaciones. La primera fue descolgar los iconos y guardarlos en un rincón del cuarto de los trastos, como si se tratara de los trabajos de fin de curso de sus hijos. Después llamó para pedir hora en el consultorio de un doctor hindú que hacía operaciones estéticas, cuyo nombre aparecía meses atrás en las conversaciones en voz baja del club de fitness. Cuando ella se lo contó, Silvio pensó que si alguien necesitaba una restauración eran precisamente los iconos rusos, pero prefirió callarse y pagar en silencio.

Cuatro semanas y seis visitas después, en la sala de operaciones, el rostro de Marcia fue redibujado con las líneas hieráticas del lifting y el Andrei Rublov de los cirujanos plásticos hizo un trabajo de artista. Mientras aún dormía en el quirófano, sus mejillas tensas ya brillaban con una luminosidad fastuosa y regia: a ratos parecían de nácar, a ratos de cera, y una vez en casa harían juego con ese brillo sereno de las velas aromáticas.

Burbujas

Como perlas que estallan, ocho hileras simétricas de burbujas nacen de las paredes del jacuzzi y empiezan a remover el agua tibia. En un instante, todo el lujo de ese baño que se reflejaba en la superficie —luces y mármoles, frascos de perfumes y canastillos de flores secas— empieza a hervir y se deshace en una tintura nacarada y, a los ojos de Jorge Washington, sensual. A punto de entrar, termina de desnudarse y llama dos veces a Mariela, impaciente. Mientras ella no va, él mete una mano en el agua y luego, como un tic, se coge el pene con la mano mojada y lo sostiene.

Desde que llegó a Barcelona, seis meses atrás, Jorge Washington ha descubierto poco a poco unas cuantas caras inesperadas de su nueva vida. Bajó del avión mentalizado para soportar las miserias escondidas tras el decorado perfecto que se veía desde el aire —una biblia de dramas dictada en su país—, pero a la hora de la verdad lo que finalmente le descoloca son las putadas del día a día, tan traicioneras. Está esa nostalgia repentina que aparece cuando llama a sus padres y hermanos en Lima, como si todos los locutorios de la ciudad estuvieran contaminados con el mismo virus, y que le obliga a coger el auricular del teléfono con una fuerza dolorosa. Están las horas dócilmente repetidas del trabajo diario, llanas y soporíferas como las paredes blancas que a menudo tiene que pintar junto a un jefe silencioso, pero también está, por suerte, el contrapeso cálido del atardecer, lo mismo en casa de la familia de su primo segundo, donde se aloja temporalmente —su primo es quien le animó a venir y quien le encontró trabajo—, como en los ratos que pasa junto a Mariela, su novia desde hace nueve semanas.

A veces, cuando yacen abrazados en la cama después de hacer el amor y ella se ha dormido en sus brazos (anda escasa de sueño), él pasea la mirada por la estrecha habitación y piensa. Se fija en las estampas de santos y vírgenes clavadas en la pared con chinchetas, en la ropa de ambos desperdigada por el suelo, en la silla recostada contra el tirador de la puerta para que las compañeras de piso de Mariela no puedan abrirla con cualquier excusa, y se pregunta si aquello no podría ser una habitación de Lima, o de La Paz, donde nació Mariela. Pero él sólo tiene veinte años y, como si se tratara de una cuestión de hormonas, esos ataques de realidad son rápidamente inutilizados por una batería de ilusiones europeas. Viene de tan lejos que todo le parece posible, pero eso no impide que ahora, al sentarse en el jacuzzi y llamar de nuevo a Mariela, el corazón le bombee la sangre con una excitación desconocida. Aunque sea de una forma furtiva, hoy está conociendo por dentro la cara del lujo.

Mariela se quita los vaqueros apretados y las braguitas al mismo tiempo, acompañando los gestos sinuosos con una sonrisa maliciosa. Los espejos —hay más de uno— reflejan desde diversos ángulos su cuerpo pequeño y rollizo, de «cholita macanuda», y se acerca al jacuzzi con pasos cortos. Como hace tiempo que piensa en esta situación y ha ensayado mentalmente todos sus movimientos, antes de entrar abre un frasco de sales y echa algunas en el agua. Al instante les invade a los dos un olor de lavanda intenso pero artificial, empalagoso, y cuando ella se tumba al lado de Jorge Washington en el agua agitada y empiezan las caricias, la sobredosis ya les ha instalado en el centro de aquello que buscaban. A Mariela, la imagen de dos cuerpos calientes y mojados, jugando y provocando olas que rompen con violencia contra los acantilados del jacuzzi, le permite revivir una poética de anuncios de perfume e impulsos apasionados, como si finalmente todos esos mensajes subliminales salieran a la luz sólo para ella, y por eso lo vive como un secreto que pronto contará a una amiga escogida. En cuanto a Jorge Washington, en Perú había matado horas y horas de su adolescencia frente al televisor y ahora asocia esa escenografía de los ricos con las mansiones de las telenovelas, con esas mujeres rubias y de piel nívea que, siempre cubiertas de espuma, cogían el teléfono en la bañera. Él también puede notar las burbujas de agua que le suben por la espalda haciéndole cosquillas y se siente sobreexcitado por ese privilegio de una forma infantil, igual que los niños que visitan Disneylandia.

La idea de bañarse en ese jacuzzi daba vueltas en el cerebro de Mariela prácticamente desde el primer día en que lo limpió, hará unos diez meses, pero no había sido más que una ilusión inocente hasta que conoció a Jorge Washington. Una noche en que ella le habló del jacuzzi, él supuso que debía de tratarse, ante todo, de un escenario para las fantasías eróticas de los señores de la casa. Mariela soltó una carcajada escéptica y burlona: qué va, nunca se bañaban en él, pondría la mano en el fuego. Para convencerse de ello, un día a la hora de limpiarlo utilizó un truco que recordaba de una película policíaca. Se arrancó un pelo largo, lo mojó en saliva y lo dispuso rodeando el desagüe de acero inoxidable. Una semana más tarde el pelo seguía en el mismo lugar. Así es como ellos dos heredaron una fantasía que no les correspondía.

Esa sensación de prohibido les proporciona ahora un hormigueo en el cuerpo y les multiplica el deseo. Durante cerca de una hora Mariela y Jorge Washington se entretienen en el agua con una satisfacción de cinco estrellas, como si toda esa fiebre que les calienta fuese una función más en el cuadro de mandos del jacuzzi. Prueban nuevas posiciones, el pulpejo de los dedos se les arruga con tanta agua, y una descripción más detallada de los hechos debería incluir sonidos acuosos, resoplidos y vapor, humedades, densidades de líquidos y unas cuantas imágenes involuntariamente inquietantes (la cabellera mojada de Mariela cubriéndole los pechos pequeños como un manojo de algas muertas, por ejemplo). También debería contar que cabalgan hasta el final con un entusiasmo circense, como si les fuera la vida en ello, y que sólo un impulso habitual de Jorge Washington, al quitarse el preservativo y anudarlo (la goma estalla con una detonación apagada), les devuelve a la realidad: es domingo a mediodía y pasan las horas en una casa que no les pertenece.

Mariela tiene las llaves del dúplex porque los Lisboa se encuentran en un hotel de lujo de la Costa Azul. Se fueron hace una semana, con la excusa de que el otoño en Niza es incomparable, pero no habrán ido mucho más lejos de los exuberantes jardines del hotel; Marcia todavía tiene el rostro abotargado de la operación estética de hace dos semanas, y cuando se mira en el espejo, tras los cristales oscuros de las gafas descubre horrorizada a un boxeador apaleado y lleno de moratones. En la habitación, Silvio la unge con las pomadas prescritas por el cirujano hindú y trata de animarla, pero por la noche, tan pronto ella se duerme bajo el efecto de los calmantes y los manhattans encargados al servicio de habitaciones, él siempre baja al bar y agota las existencias de snacks mientras toma un whisky y habla sobre coches y motos con un camarero español.

Tal y como acordaron con Marcia, durante esa semana Mariela ha ido todos los días al dúplex, pero en lugar de dedicarse a quitar el polvo que no existía, o a labrar con el aspirador unas alfombras que ya estaban inmaculadas, ha dejado que pasaran las horas suplantando a la señora. Cada día ha llegado más tarde y se ha marchado más temprano. Al verla entrar, el portero del edificio la miraba de reojo, censurándola porque conoce sus horarios, pero luego ella compraba su silencio inventándose confidencias sobre la vida fabulosa que llevan los Lisboa de puertas adentro. Arriba, en el dúplex, suplantando a Marcia, las horas le pasaban volando. Abría la nevera y se preparaba sándwiches con pan inglés, llenándolos con todo tipo de exquisiteces. Se probaba vestidos. En una semana se ha puesto al día de todas las telenovelas, ha visto el vídeo de la boda de la hija mayor de los Lisboa (se ha reído y ha llorado) y se ha perdido cien veces en el laberinto de canales de la parabólica. Sus discos compactos de salsa han sonado en el equipo de alta fidelidad de los Lisboa y ha comprobado que el parquet bien encerado es ideal para bailar, aunque sea en soledad y con una expresión de cenicienta en la cara. Finalmente, hoy domingo, se ha decidido a llevar a su novio: tienen que aprovecharlo, porque mañana por la tarde los Lisboa vuelven de Niza.

Ahora Jorge Washington se pasea en calzoncillos por el dúplex mientras Mariela le plancha unos vaqueros y una camiseta. Como los señores tienen secadora, este mediodía han lavado la ropa de la semana y hace un rato, mientras se distraían en el jacuzzi, la han puesto a secar. Precisamente porque son tan banales, esas operaciones han impregnado la tarde de domingo de un aire de familia que hace que se sientan bien. En la lavandería, Mariela dobla la ropa y tararea en voz alta canciones románticas, como si quisiera perfeccionar esa nueva intimidad. Jorge Washington pasa el rato explorando la vida excesiva de los ricos. Sube al piso de arriba, entra en el gimnasio que los Lisboa han instalado en la antigua habitación de su hijo. Hay cinco aparatos de última tecnología, relucientes como si todavía nadie los hubiera estrenado, y a sus ojos brillan con el fulgor de una nave espacial. Se sienta en un aparato para hacer pesas e intenta levantar una barra de acero con veinte kilos a cada extremo. Su cuerpo, canijo pero nervudo, fibroso, se refleja en el espejo que ocupa una de las paredes con la apariencia de un icono gay. Le gusta verse los músculos de los brazos, tensos y ágiles, y piensa que la sesión de sexo en el jacuzzi aún les ha dado más vigor. Para reforzar la masa muscular realiza tres series de veinte pesos, con ímpetu, pero hacia la mitad se da cuenta de que está sudando y abandona.

Sale del gimnasio y entra en la habitación del matrimonio. Encima de un tocador hay una fotografía de los Lisboa. Fue tomada hace unos años, un verano en Corfú, y sobre el fondo azulísimo del mar Marcia sonríe a la cámara con una expresión muy seductora. Atractiva, con la piel arenosa y el pelo del color de la paja húmeda, Jorge Washington descubre en ella la presencia de una actriz y se encapricha al instante. La contempla durante medio minuto y después, como si ella le dirigiera los movimientos, abre uno de los cajones del tocador. Es el cajón que guarda la ropa interior de Marcia, un festival de lencería. Fascinado, Jorge Washington hunde en él las manos como si hubiera desenterrado un cofre lleno de joyas y coge una de las combinaciones al azar. Coloca el sujetador y las braguitas encima de la cama como si fueran objetos muy frágiles y acto seguido los admira con devoción. El color de óxido cremoso le hace pensar en la piel de alguna fruta tropical, carnosa y madura. Al mismo tiempo se da cuenta de que la cama es enorme y acogedora y se tumba en ella para probarla. Se imagina que allí a su lado se encuentra Marcia, dando volumen a esa ropa interior. Toma las braguitas, cierra los ojos y las huele intensamente. La suavidad del cobertor de seda escarlata le pone la piel de gallina y coge frío. Cuando se levanta, su espalda sudada y sus muslos han quedado impresos en la seda. Diría que es una imagen poética, pero no sabría explicar por qué, y Mariela, quien abajo en la lavandería está cantando, le ofrece la respuesta: «La huella de tu deseo quedó grabada en mi piel, pero es memoria débil, el tiempo la borrará.»

Jorge Washington baja las escaleras poco a poco, con un balanceo felino (que Marcia admiraría), y siguiendo la música busca la habitación donde Mariela trastea. Lleva las braguitas en la palma de la mano, con delicadeza. Entra en la lavandería sigilosamente y antes de que ella se dé cuenta, se las pone ante los ojos.

—Un regalo —dice él con un tono que quiere ser travieso—. Pruébatelas.

Mariela mira las braguitas y después le mira a él fijamente, censurándole pero también animándole en el juego.

—¿De dónde las sacaste? —pregunta—. No me digas que estuviste hurgando arriba.

—Tiene tantas que no se va a dar cuenta, y son todas lindísimas.

—Por supuesto que se va a dar. Ellos controlan todo. Ponlas de vuelta en su sitio y no te preocupes. Algún día, cuando la señora también se opere los pechos y las nalgas, me voy a quedar con toda esa lingería.

La alusión a los pechos y las nalgas de Marcia le retornan mentalmente a su cama, a la seda escarlata y manchada con su sudor, y de pronto esa representación se torna menos poética, más lúbrica.

En la terraza de los Lisboa, esta tarde de domingo, Jorge Washington respira el aire húmedo y frío de principios de octubre. Lleva el albornoz blanco de Silvio, con sus iniciales, S.L., bordadas en el pecho, y desde hace unos minutos observa la lejanía —los aviones definen el horizonte, más allá del campo del Barça— y tiene la sensación de que es una persona afortunada. No es un sentimiento material que proviene del dúplex, porque la opulencia que le rodea no le ciega, en cierta forma ya está acostumbrado a ella: la mayoría de los clientes de su jefe viven en los barrios altos de la ciudad. A menudo su trabajo consiste en pintar paredes de mansiones como ésta, donde las cocinas parecen de restaurante y las asistentas te preguntan si quieres una Coca-Cola light, y con el tiempo se ha vuelto inmune a esa exhibición fría, como si el hedor de la pintura le noqueara los sentidos. Lo que hoy le seduce es especialmente esa impresión de ser uno de ellos, aunque sólo sea temporalmente: abrir sus cajones, bañarse en su jacuzzi, ponerse su ropa.

Desde que trabaja como pintor, Jorge Washington ha perfilado poco a poco la imagen de mujer ideal que anhela. Es una imagen construida por acumulación, hecha de sobreponer las diferentes versiones de señoras que vislumbra cada día en las casas que pinta, y el caso es que a medida que se va definiendo es cada vez más fantasiosa. Mariela, con su facilidad para llenar de ternura los días más difíciles, ha catapultado aún más lejos ese ejército de mujeres ilusorias y ha llegado un punto en que, de tan idealizadas, son ya inalcanzables, esotéricas, un simple divertimiento cruel con el que Jorge Washington disfruta martirizándose.

Hace unas semanas, cuando él y su jefe estaban pintando un sobreático renovado frente al Turó Park, se enamoró perdidamente de la señora de la casa. Era sofisticada, vivía sola porque acababa de divorciarse y cuando les dejaba la llave o les daba instrucciones, fumaba y mascaba chicle al mismo tiempo. El tercer día de trabajo, mientras el jefe iba al almacén a por más pintura, la señora se presentó de improviso a tomar las medidas para un sofá. Incitado por una tradición oral que enlaza el sexo fácil con los pintores, fontaneros y repartidores de butano, Jorge

Washington intentó flirtear con ella descaradamente. Cada vez que la oía caminar a su espalda, maltratando el parquet nuevo con sus tacones afilados, él silbaba una melodía que le parecía cargada de erotismo y se daba la vuelta para desnudarla con la mirada, pero lo único que consiguió fue que en una ocasión ella se le acercara con aire maternal —porque le veía como un niño, uno de sus sobrinos— y vocalizando mucho le preguntara: «¿Hablas español?» Jorge Washington le respondió con monosílabos, tímidamente y haciéndose el ofendido, pero esa nueva estrategia tampoco funcionó.

Al cabo de quince minutos de suplicio la señora se marchó, despidiéndose desde la puerta con un «¡Chaaao!» que resonó por todo el apartamento vacío y dejando como prenda un rastro de perfume francés que él se apresuró a oler con el afán de un cocainómano. Entonces, como si ella le estuviera suplicando una huella final, un último intento, cogió un bote de pintura azul marino (destinada al baño de los invitados) y trazó en la pared un corazón atravesado por una flecha. Era del tamaño de una calabaza, con sus iniciales en un extremo y el nombre de la señora en el otro, y lo dibujó sin detenerse en ello, como una de esas muecas que uno hace frente al espejo convencido de que no le ve nadie. La pintura no tardó en bajar goteando por la pared y el dibujo tomó un aspecto de pintada marginal que no casaba con ese ambiente refinado. Jorge Washington se apresuró a tapar el corazón con dos capas de pintura blanca, muy densas, y al día siguiente aún tuvo que añadirle otra porque el dibujo se transparentaba un poco. Ahora, cuando algunas veces el vaivén del pincel le aburre mortalmente, se refugia en el recuerdo de esa señora divorciada tan espectacular, y en ese corazón azul marino, ahogado bajo la pintura blanca pero latiendo todavía por la pura emoción del misterio.

• • •

La tarde de domingo se ha atascado en esa hora asfáltica y difícil de tragar, como una molestia en la garganta. En el cielo luce un sol mortecino y aunque faltan dos horas para el partido, en el campo del FC Barcelona ya han encendido la iluminación. Desde la terraza del dúplex, Jorge Washington observa admirado ese resplandor que sale de la nada, el enjambre de luces que refulgen como una corona mística, y se le amplía el sentimiento de privilegio. El aire se mete por los pliegues de su albornoz y le enfría la piel. Entra en la casa y para ganar tiempo hasta que empiece el partido (va a verlo en el televisor de pantalla gigante) vaga por el dúplex como si fuese un ladrón, con mucho cuidado porque Mariela le ha advertido que no rompa nada ni deje huellas.

En el baño de los invitados, descubre un pequeño armario repleto de jabones y lociones de hotel. Un botín capturado en docenas de viajes que traza el itinerario ocioso del matrimonio Lisboa por una red de hiltons y sheratons: el Cairo, Saigón, Manila, Moscú, Caracas, Río de Janeiro... Jorge Washington los huele uno por uno y juega a adivinar los aromas de cada país —canela, plátano, menta—, pero al cabo de un rato tiene las fosas nasales saturadas y todos tienen el mismo olor a limpio internacional. El mismo, al fin y al cabo, que tiene ese baño.

En el despacho de Silvio se sienta en una butaca de piel y se aclara la garganta, como si fuera a dictar una carta a su secretaria; a continuación abre la caja de los puros que reposa encima del escritorio y toma uno, pero no lo enciende. Se lo acerca a los labios y el tabaco le pica en la lengua. Sale del despacho y deambula por el pasillo dando golpecitos a los muebles. En el recibidor, junto a la puerta de entrada, le llama la atención un libro que hay encima de un atril. Lo coge entre las manos y le parece amariconado. Tiene las cubiertas de seda fucsia («en esta casa todo es de piel o de seda», piensa), las hojas de papel de barba, color hueso, y le parece ridículo y feo. Lo abre. La primera página no está entera, como si la hubieran arrancado con rabia, y en la segunda sólo hay escrita una frase, un nombre de mujer y una fecha que corresponde a hace veinte días. Lee la frase —«Para la mejor mamá del mundo, que incluso un poco enfermita sabe cocinar de maravilla»—, y le recuerda esos ejercicios tan cursis de cuando le enseñaban caligrafía en la escuela. Coge la pluma y está tentado de escribir algo en esa misma página, pero si Mariela lo descubriera le mataría, así que abre el libro por la mitad, por una página cualquiera, y en una esquina, en letra minúscula escribe: «J.W. estuvo aquí.» Cierra ese horror, lo deja nuevamente sobre el atril y se da cuenta de que acaba de escribir una tontería. Una oleada de tedio dominical le coge desprevenido y le envasa el estómago al vacío.

En el salón, se acomoda en el sofá con el puro apagado en los labios y los pies encima de la mesa de alabastro, imitando la pose de un millonario fanfarrón. Simula que tira la ceniza al suelo, con menosprecio, y como si pasara revista observa la chimenea desmesurada, la pantalla de televisor extraplana, las paredes cubiertas de cuadros de todas las medidas. Por alguna especie de asociación subconsciente, esa opulencia le recuerda las casas decoradas de los mafiosos, y se pregunta cuál de los cuadros esconde detrás la caja fuerte. En otra pared, la más sombreada, distingue cuatro manchas blancas y simétricas. En ese momento Mariela entra en el salón y sonríe al verle apoltronado en el sofá. Se le acerca, le da un largo beso y le deja los vaqueros planchados encima de una butaca.

—Vístase ya, señor flojo, que es la hora —dice Mariela mostrándole los pantalones. Tiene la cara encendida por el calor de la plancha y el pelo recogido en una cola de caballo.

—¿Y esas manchas? —pregunta Jorge Washington señalando con el puro hacia la pared del fondo.

—Iconos rusos —responde Mariela con cierto desdén—. Antes había colgados ahí cuatro iconos rusos, pero no hace mucho la señora se aburrió de ellos y los hizo desaparecer. Estarán en algún armario.

De nuevo le señala los vaqueros. Jorge Washington no sabe qué es exactamente un icono ruso y tampoco le interesa mucho, pero le gustan esos momentos en que Mariela se impacienta por nada. Abre la boca exageradamente, en un largo bostezo de pereza, y pone cara de incrédulo.

—¿Y son bonitos?

—Muy —responde ella intranquila. Le pega una mirada asesina para darle a entender que ya sabe de qué va el juego—. Vamos, quítate el albornoz y ponte los jeans —insiste, y le tira de la bata para ayudarle.

Como él no hace ningún esfuerzo para quitárselo, ella empieza a hacerle cosquillas y él contraataca y entonces se pelean de mentira, revolcándose en el sofá de piel y resoplando con ganas. Ríen y se acarician. A Mariela se le deshace la cola de caballo y el pelo se le enreda en la cara. En una pausa de la batalla, Jorge Washington se lo aparta con delicadeza y entonces los dos se miran fijamente, perforándose las pupilas, como si de pronto pudieran vislumbrar lo que se oculta allá al fondo. Abrazados, querrían salvar para siempre este momento, santificarlo para encomendarse a él rezando cuando vengan malos tiempos. Pasan así unos minutos, avivando en la penumbra ese sentimiento de protección que les ha pillado por sorpresa, y de repente se dan cuenta de que en la calle ya ha oscurecido. Entonces Jorge Washington se levanta, enciende una lámpara de pie y finalmente se pone los vaqueros. Desde el sofá, Mariela observa sus movimientos con expectación, pero él no parece darse cuenta de nada.

—Busca en los bolsillos —le ordena ella cuando ya lleva los pantalones. Son unos vaqueros estrechos y gastados, que se trajo de Perú, y según Mariela le dan un aire de cowboy que le hace muy atractivo.

Entonces Jorge Washington se palpa uno de los bolsillos delanteros y encuentra algo, un plástico que tiene la forma de una tarjeta de crédito. Mete la mano y saca una funda de color azulgrana. Dentro está el carnet de socio de Silvio Lisboa, y si se da prisa, le dice Mariela, todavía llegará a tiempo de ver el partido, falta una hora y el campo está muy cerca.

Al principio no se lo puede creer, él nunca ha visto un partido del Barça en directo (aunque el año pasado, con su primo, intentaron colarse un par de veces en el estadio) y ahora tiene la posibilidad de ir como todo un señor. Porque el asiento de Silvio es de tribuna, por supuesto. Jorge Washington se eriza de alegría, mira y remira el carnet —el privilegiado se extasía— y, como un niño, salta sobre Mariela para abrazarla y la llena de besos. Ellos dos no se dan cuenta, pero a causa del impulso, un jarrón de porcelana china, carísimo, vibra en su pedestal de marfil como si también temblara de emoción y si no se cae es porque no quiere estropear el júbilo de ese instante. Así funciona la vida de los adinerados.

Ahora es Mariela quien ha salido a la terraza del dúplex. Hace un minuto se ha despedido de Jorge Washington y han acordado que después del partido van a encontrarse en un bar cerca del estadio, para que él pueda devolverle el carnet. Apoyada en la barandilla con una expresión complaciente, observa con atención el segmento de la avenida de Pedralbes que puede divisar desde allí. Primero oye la puerta de hierro que se abre y se cierra, y al cabo de veinte segundos ve que Jorge Washington cruza ese trapecio iluminado de calle. Le llama en voz baja, para sí, Jorge, y como si lo intuyera el chico se da la vuelta y mira hacia arriba y saluda con la mano a la oscuridad, donde entreví la figura recortada de Mariela. Después desaparece calle abajo, perdiéndose en la luz cebrada.

Bajo la cazadora vaquera, Jorge Washington lleva una camiseta del River Plate que le queda grande, con el número 9 en la espalda y de un blanco eléctrico ya que está recién lavada. La compró en el aeropuerto de Buenos Aires, en la escala que hizo en el viaje a Barcelona, y aunque le costaba una fortuna en dólares, no lo dudó ni un segundo porque la veía como un amuleto. Ahora, mientras se lo agradece, piensa en sus amigos de Lima: la camiseta del River, con esa franja roja que la cruza en diagonal, se parece a la de la selección peruana. De repente vuelven a su memoria las tardes de los sábados, viendo juntos en la tele los partidos de la liga argentina o española, o jugando más tarde en los solares de las afueras de Lima, encuentros interminables hasta que empezaba a oscurecer y la ciudad, bajo la luz del crepúsculo, parecía una gran hoguera apagada pero todavía humeante. Recuerda la obstinación con que cada uno defendía su nombre de guerra: Flavio Maestri, Luis Artime, Héctor Takayama..., él era —es— Roberto Farfán, el delantero de Alianza, y aunque sólo tiene veinte años —o precisamente por eso—, una envestida de nostalgia le despierta la mala conciencia: mañana sin falta, desde un locutorio, enviará un mail a sus amigos contándoles que por fin ha visitado el templo del FC Barcelona, «el pasto donde jugó el Cholo Sotil, ¿recuerdan?, el papá de Johan Sotil».

Bajando por la avenida de Pedralbes, deja atrás los arabescos de fachadas pálidas y ventanas iluminadas. De vez en cuando le sobrepasa un coche y los ocupantes le miran intrigados, como si fuera un intruso. Esta noche todo tiene un aire restringido, confidencial, y Jorge Washington camina tan aprisa que se diría que huye de algo. El carnet le quema en el bolsillo de los vaqueros con el poder de un salvoconducto. Llega a la Diagonal y cuando la cruza tiene la

180

impresión de estar de nuevo en territorio amigo. Al otro lado, cerca del Princesa Sofía, se une a otros aficionados con una sensación de alivio. Pasan por delante de un tanatorio y enfilan el paseo que cada noche se llena de travestis. El primer fin de semana tras su llegada a Barcelona, con la excusa de ver el Camp Nou, su primo le llevó de noche hasta allí y durante media hora dieron vueltas con el coche, riéndose de esa galería de seres desproporcionados y ateridos por el frío, que les escuchaban con indiferencia alrededor de malolientes bidones encendidos. Recuerda los apuros que pasó y, cuando ya se marchaban, por la carretera de Sants, cómo su primo le dijo: «Otro día, machito, lo llevaré a ver mujeres de verdad.»

Aunque se encuentra rodeado de gente, Jorge Washington acelera el paso porque quiere entrar en el estadio cuanto antes. Nosotros quedémonos quietos, ahora. Dejemos que siga solo, démosle la oportunidad de mezclarse con la multitud, de ser uno de ellos. La masa le engulle y él lo agradece. Poco a poco le perdemos de vista, su caminar nervioso acompaña al de los otros aficionados y ya no le vemos más. Banderas y bufandas le amparan y revisten estos últimos metros de una solemnidad de ritual. Pasará los dos controles sin problemas, enseñando el carnet con una ostentación torpe, y en el vestíbulo la gente se fijará en su camiseta del River y sonreirá. Cuando por fin tome asiento en la tribuna, el verde del césped, tan vivo, le magnetizará con un estallido de clorofila.

En el descanso, estamos en el vestíbulo de tribuna. Cuentan que el Barça va ganando, es un partido fácil, y la gente aprovecha la tregua de quince minutos para comer un bocadillo, tomar un café o fumarse un cigarrillo en calma. De pie, en pequeños grupos, unos y otros comentan la escasa emoción del juego mientras no pierden de vista el reloj y

181

critican a los jugadores o al árbitro. Si por casualidad cambian de tema y la conversación se pone interesante, cuando llegue el momento volverán a su asiento haciendo el ademán de sentirse indigestos. Jorge Washington, con un cucurucho de patatas fritas con mayonesa en la mano, se pasea entre ellos y les observa como si fueran un entretenimiento programado para pasar el cuarto de hora. Llevan el abrigo por si hace frío. Gesticulan y ríen, orgullosos de sus ortodoncias, y los bronceados del verano no han perdido aún ni una pizca de brillo, a la espera de la temporada de esquí.

Deambulando de un grupo a otro, sin pararse nunca, Jorge Washington come patatas y se limpia los dedos pringosos en una servilleta de papel. Cuando se cansa de ellas (la mayonesa es demasiado grasienta), busca una papelera. Entonces se aparta del gentío y en un extremo del vestíbulo, junto a la pared de cristal de la salida, la ve a ella. Ella no es nadie en concreto, nadie que conozca por el momento, pero podrían ser todas. Alta y rubia, vestida con una elegancia de marcas exclusivas, a los ojos de Jorge Washington reúne todas las virtudes y excelencias que ha coleccionado desde que descubrió a la primera, la mujer inaugural. Se parece a la Marcia del retrato que ha admirado esta tarde, por ejemplo, y es clavada a la mujer que tiene el palimpsesto de un corazón en el salón de su casa, bajo tres capas de pintura y esperando una mancha de humedad que lo libere.

Jorge Washington se acerca a ella con disimulo, a unos cinco metros. Apoyada en la barandilla que la separa de la pared de cristal, indiferente y aburrida, la señora fuma un cigarrillo y bebe agua directamente de un botellín de plástico. Cuando expulsa el humo, que le sale de la boca con una lentitud estudiada y sibarita, casi cierra los ojos y las aletas de su nariz perfeccionada se abren ligeramente. A su lado está un hombre mayor que lleva una gabardina beis de Burberry's, pero no hablan entre sí. De pronto suena un móvil y el hombre se saca un auricular de la oreja (escuchaba la radio) para responder a la llamada. Habla moviéndose de aquí para allá, a gritos, y ella le observa con una desafección que Jorge Washington interpreta a su favor: «Se ha hartado de ese tipo», piensa. Como si quisiera destacar esa desgana, la señora tira el cigarrillo al suelo y lo pisa suavemente con su zapato.

Sus movimientos son de un erotismo sofocado. Ahora, más cerca y con unos cristales que funcionan como espejo, Jorge Washington se la come con la vista. Los labios blandos y gruesos, las caderas dibujándose con fuerza bajo la falda corta y los pechos que se intuyen perpetuamente rígidos (la pequeña obra maestra de un cirujano que supo ser obsequioso) le devuelven por un segundo al ambiente del jacuzzi, este mediodía, y bajo la camiseta del River la piel se le eriza de más deseo. Ella puede adivinarlo, tiene experiencia, y fijando la mirada en un punto inconcreto del exterior, tras los cristales, ensaya una postura reflexiva que es como una invitación, dime algo, venga, no seas tímido, acércate y dime algo.

Jorge Washington da un paso adelante, aún indeciso, pero ya es demasiado tarde. De repente todo son prisas y despedidas, la segunda parte acaba de empezar. En un instante el señor de la gabardina apaga el móvil y hace un gesto con la cabeza en dirección a su mujer, ¿vamos? Ella bebe un último sorbo de agua, deja la botella encima de la barandilla de acero, en equilibrio, y antes de subir las escaleras en dirección a su asiento tiene un segundo para herir a Jorge Washington con una mirada altiva y provocadora.

Pasa medio minuto. Solo en el vestíbulo, con el ruido de fondo de los aficionados que ya celebran alguna jugada, el chico se acerca hasta donde se encontraba ella (le envuelve intensamente la fragancia de su perfume), coge el botellín de plástico y lo contempla como una reliquia. Todavía queda un poco de agua y en el extremo descubre el rastro rojo burdeos de su pintalabios. Tratando de poner sus labios en el mismo punto, Jorge Washington bebe un trago largo y ceremonioso. El agua tibia baja por su garganta con un sabor de nicotina.

Son las diez de la noche y el partido ya ha terminado. En el bar gallego donde van a encontrarse con Jorge Washington, Mariela está sentada a una mesa de formica y bebe una Coca-Cola que enseguida ha perdido el gas. Se halla cerca de la entrada, en la primera mesa, porque en el fondo hay un televisor y el local está lleno de gente que veía el partido. En fila india, todos pasan por caja, pagan y se van a casa en silencio. En la calle, la luz ambarina de las farolas les hace la sombra más pesada, pero hoy la victoria del equipo es un antídoto ideal para superar esa mala hora del domingo. A lo lejos, Mariela distingue algunas imágenes en la tele. Un periodista con brillantina en el pelo acaba de entrevistar a un entrenador sonriente y un plano general muestra el césped verde, ya vacío de jugadores; a continuación salta a los aficionados, quienes abandonan sus asientos y van desfilando poco a poco, con la misma pantomima resignada de los clientes del bar.

Jorge Washington es uno de ellos. Ha sido de los últimos en salir, porque quería retener todos los detalles de esa oportunidad única —la luz de los focos, los anuncios de los marcadores, la inmensidad de las gradas ya vacías, como un panal deshabitado—, y una vez fuera del estadio, con el gentío que va de aquí para allá, en direcciones opuestas, es incapaz de orientarse. Como sabe que Mariela le está esperando, no duda en escoger una corriente de personas, entra en ella y la sigue para salir del recinto. Una vez en la calle, piensa, todo será más fácil. Cincuenta pasos después, cuando ya divisan la puerta de salida, la gente empieza a dispersarse sorteando los coches que siguen en el aparcamiento del estadio. Los mercedes y jaguars y monovolúmenes también tienen prisa por salir y avanzañ a trompicones, frenando y a la misma velocidad que los peatones. Algunos llevan las ventanas abiertas y las voces de las radios encendidas se mezclan con las conversaciones de los aficionados. Al pasar al lado de Jorge Washington, un coche calcula mal el espacio y le golpea el culo con el retrovisor. Él se asusta —instintivamente se toca el bolsillo de los pantalones para notar el relieve del carnet— y luego se aparta un poco. Entonces se percata del coche que va detrás, un BMW Z3 negro, y descubre en su interior al hombre de la gabardina y a la mujer rubia del descanso. El corazón empieza a latirle pasado de revoluciones. En ese coche tan bajo y lujoso, la pareja ofrece una imagen dislocada, de miniatura de plomo, y súbitamente la mujer le parece más asequible, casi un juguete. Modera la marcha hasta que el coche le pasa por la izquierda, y entonces camina a su mismo ritmo, como si se tratara de un escolta personal que les custodiase el camino. Quisiera que ella le viera, pero dentro del coche la señora ha cerrado los ojos, por el cansancio, y no se da cuenta de nada. Jorge Washington, por el contrario, baja la mirada y por la ventanilla obtiene una panorámica perfecta de sus piernas largas y encogidas. Mientras va caminando, juega a seguir su perfil de arriba abajo, como si circulara por una montaña rusa. La mujer está relajada, así que la falda se le ha subido un poco a la altura del muslo y enseña la goma de las medias y un poco de carne. Esa franja más oscura de tela, en contraste con la piel blanca, hipnotiza la mirada de Jorge Washington, quien, como un apéndice del vehículo, sigue a su lado hasta llegar a la salida del aparcamiento. Fuera, en la calle, un guardia urbano hace una señal para que pasen los coches y el Z3 acelera. Como la estela de esas dos luces rojas, los sueños imposibles de Jorge Washington se escapan y se desvanecen, pero para llenar las fantasías del futuro él conservará en su memoria una imagen fugaz: los ojos de ella, reflejados en el retrovisor, que se abrían en el último suspiro para dibujar una expresión subjetivamente voluptuosa.

Entre tanto, en el bar gallego que queda en el otro extremo del estadio, Mariela ve la televisión y juega a imaginarse que Jorge Washington es uno de esos aficionados que salen del estadio. Incluso cree que le adivina en algún momento entre la multitud, pero luego le pierde de vista. Da igual, ella sabe representarse su caminar inquieto, de pasos largos, sorteando a la gente que va más lenta y los coches que se detienen en el atasco de tráfico. Probablemente, Jorge Washington sonríe e intenta prolongar esa satisfacción como si mascara un chicle que empieza a perder el sabor. Deshace una por una las calles, deprisa porque se muere por estar con ella. Ahora ya coge la calle del bar —divisa el anuncio luminoso— y ahora, dentro de cinco, cuatro, tres, dos segundos, debería entrar. Mariela se da la vuelta y espera que tras los cristales un poco grasientos aparezca esa camiseta del River, pero no. Pasa medio minuto más y nada. Puede que el pensamiento vaya más deprisa que la realidad. A veces, con el reloj en la mano, Mariela cierra los ojos y trata de contar sesenta segundos, y cuando vuelve a abrirlos siempre le faltan diez o doce. Puede que ahora tenga el mismo problema, se dice, pero está convencida de que Jorge Washington ya tendría que estar allí. Vuelve a mirar hacia la tele, para encontrar una explicación, pero el camarero ya la ha apagado porque están a punto de cerrar. En otra mesa, enfrente de ella, un hombre de mirada viscosa juega con un llavero y de vez en cuando le dirige frases que no entiende. Luchando por no parecer triste, ella se levanta, se acerca a la barra y llama al camarero para pedirle un vaso de agua del grifo.

Agradecimientos

Una parte importante de este libro fue concebida y escrita durante una estancia en la Ledig House International Writers' Colony, de Nueva York. Que conste aquí, pues, mi agradecimiento a la institución y a las personas que la representan.

Índice